Le Mystère de la Plaine

Elodie Fitoussi
Le Mystère de la Plaine

Fantastique

© 2024 Elodie Fitoussi
Édition : BoD – Books on Demand, info@bod.fr
Impression : BoD – Books on Demand, In de Tarpen 42,
Norderstedt (Allemagne)
Impression à la demande
Illustration interne : Elodie Fitoussi
Illustration de la couverture : Laurent Brisson
Résumé : Emmanuel Bochew

ISBN : 978-2-3225-2514-0
Dépôt légal : Avril 2024

*Pour mon fils Charlie, ma lumière dans les ténèbres.
Merci à mon père pour son soutien et ses encouragements.
Merci à mes amis qui m'ont soutenue dans ce projet.
Et un immense merci à l'équipe d'Asian Files pour son aide précieuse.*

Sommaire

La dure réalité de l'exploration...................11
Une mission pourtant si simple.................21
Un recrutement hors norme........................29
Voyage vers les Terres Sauvages...............43
A l'aventure, compagnons !.......................53
Surprenante découverte et mauvaise rencontre........65
Un retour précipité..............................75
A découverte inédite, moyens inédits........87
Toute une expédition 107
Des fouilles en milieu hostile..................125
Un résultat inattendu.............................141

Chapitre 1

LA DURE RÉALITÉ DE L'EXPLORATION

Au cœur d'une vaste forêt de chênes et de hêtres, se trouve le temple de la magie et de l'alchimie. C'est un sanctuaire, un lieu de vie et de repos, mais également une école pour les mages, les druides et les alchimistes. Au sud, la forêt est bordée par la mer. Au nord de cette forêt, coule le fleuve Magus qui prend sa source dans les montagnes d'Erthaglir. Pour une raison que l'on ignore, ses eaux sont chargées en mana propice au développement de la magie, et enchantent toute la forêt. Bienvenue dans Sylralei. De nombreuses créatures féeriques y vivent.
Nous sommes en automne. Les arbres se parent de rouge vif, de jaune et d'orange. Le vent fait danser dans l'air, les feuilles qui se détachent des branches, et viennent se poser délicatement aux pieds des arbres. Une pluie fine est tombée toute la nuit, et l'air embaume l'humus. En cette heure matinale, un soleil timide vient doucement réchauffer la terre. On croise, au détour d'un chemin, un druide en train de ramasser des champignons et des herbes médicinales. Plus loin sur les sentiers étroits, on découvre un petit étang. Le lieu dégage une grande sérénité propice au recueillement. C'est à son bord que sont assises deux personnes en pleine discussion. Le ton est maussade et on lit une grande détresse sur leurs traits tirés. L'humain porte un pantalon de cuir noir, et une robe de mage bleu foncé ouverte, laissant voir les fines cicatrices qui

couvrent son torse imberbe. Un bâton sculpté fini par une petite sphère également bleue est posé à côté de lui. Liquis est aquamage. Il approche de la quarantaine. Ses cheveux bruns lui tombent sur les épaules, il porte la barbe qui se finit en pointe. Une grande tache bleue pâle couvre un quart de son visage au niveau de son œil gauche qui est blanc, séquelle d'un sort mal lancé. L'autre œil est marron. Il porte son élément tatoué à la base de sa gorge. On ne peut deviner son 1,75m tant le poids des récents événements pèse sur ses épaules. L'elfe à sa gauche est tout aussi affligé. Presque aussi grand que Liquis, Caemsha porte un chapeau Traveller posé sur ses longs cheveux châtains attachés en catogan. Il est vêtu d'une chemise blanche avec un pantalon beige à coupe droite, une version elfique d'un célèbre archéologue. Une veste élimée en cuir marron traîne derrière lui. Ses yeux verts affichent une immense tristesse. Il porte un cercle alchimique tatoué sur la main droite indiquant sa formation. Tous deux ont le teint tanné preuve du temps qu'ils passent sur les routes.

Cela fait plusieurs semaines qu'ils sont revenus à Sylralei. Après quelques jours restés enfermer dans leurs chambres, ils se sont enfin décidés à échanger sur ce qu'il s'est passé dans les Terres Sauvages. Leur dernière expédition a été un vrai fiasco. Ce sont des aventuriers-explorateurs habitués aux coups durs, mais là, c'était plus qu'ils ne pouvaient en supporter. Malgré leurs nombreuses missions sur ces dix dernières années, ils n'avaient jamais affronté la mort de façon aussi brutale.

Alors qu'ils longeaient la jungle Janaya en direction de l'océan, ils avaient monté le camp pour la nuit à proximité d'un petit point d'eau. Tout avait été calme jusque-là, mais par sécurité ils avaient établi des tours de garde. Au second quart, c'est leur équipier de longue date qui devait assurer le tour. Gunvarg était un nain robuste et un aventurier chevronné. Au petit matin, Liquis se réveilla en sursaut. Il n'avait pas pris son quart. Il alla secouer Caemsha, avant d'aller voir leur équipier pour lui demander des explications. Mais depuis leur réveil, une sensation étrange leur oppressait le cœur. En contournant les tentes, ils découvrirent avec horreur le corps à moitié dévoré de leur collègue. Une créature d'environ un mètre de haut leur tournait le dos, elle finissait son repas. Moitié femme moitié mante orchidée, l'animal présentait des traits magnifiques, mais de toute évidence était également redoutable et mortel. Combinant leur capacité respective, le pouvoir de l'eau pour Liquis et celui de la terre pour Caemsha, ils envoyèrent une vague de boue sur ce qu'ils nommeraient plus tard une vivora. N'étant plus que deux, ils durent renoncer à exécuter la mission. Alors, avant que d'autres créatures ne sortent de la jungle, ils remballèrent leurs affaires, mirent les restes de leur défunt coéquipier sur l'un des chevaux et repartir en direction de Tamagoska, unique cité aventurière aux pieds des montagnes dans les Terres Sauvages et seul passage pour rejoindre le territoire de Blaicia. Ça faisait plusieurs années qu'ils travaillaient avec Gunvarg. Sa perte était difficile à encaisser. Ils n'arrivaient pas à comprendre comment il avait pu se laisser avoir.

C'était un aventurier extrêmement prudent. Pourtant il fallait accepter la réalité, il s'était fait avoir par cette créature que personne n'avait jamais rencontré auparavant. Janaya recèle encore bien des mystères.

À présent, ils méditent, essayant de trouver une explication. Et surtout comment faire face à cet échec, eux qui se vantaient de toujours mener à bien leur mission quel que soit le danger. Péniblement, ils se lèvent pour retourner au temple, et prennent le chemin que nous avons emprunté plus tôt en sens inverse. Ils rencontrent le druide qui cueille encore quelques herbes. Le duo s'arrête deux minutes pour échanger quelques mots avec lui. À son retour au sanctuaire, il leur préparera avec sa récolte, une potion pour soulager leur mal-être. Ils le remercient, et poursuivent leur route. Au bout de quelques minutes, ils entrent dans le temple. En réalité, il s'agit plus d'un village composé de huttes de différentes tailles, sur les portes desquelles sont gravés des symboles indiquant la fonction du bâtiment. Au centre de ce village, une fontaine déverse ses eaux cristallines dans un grand bassin, au milieu d'une place. Les anciens prétendent qu'elle est la source de la magie dans ces lieux et qu'elle est sacrée. Toutes les générations d'élèves qui se succèdent dans le sanctuaire ont bu une gorgée de cette eau le jour de leur arrivée, comme le veut la tradition. Liquis et Caemsha croisent en ce lieu Tanguy, leur professeur d'étude des textes anciens. Comme à son habitude, ce dernier est plongé dans la lecture d'un vieux grimoire. Le vieil homme lève la tête pour saluer ses anciens élèves avant de replonger le nez dans son livre. Il porte un costume bien taillé qui jure avec les lieux. Malgré son grand âge, il reste plein de charmes. Il a le regard vif. Rien en lui n'annonce qu'il est druide. Il est vrai qu'il a arrêté l'étude de la botanique et des arts pharmaceutiques, il y a bien longtemps, préférant de loin se plonger dans l'étude des grimoires. On le comparerait plus facilement à un rat de bibliothèque, surtout avec son apparence de conservateur de musée.

Mais revenons à nos deux compères déprimés. Caemsha et Liquis se connaissent depuis l'enfance. Ils ont grandi dans le même village, sont allés à l'école ensemble. Toutes les occasions étaient bonnes pour imaginer des aventures extraordinaires. Les deux enfants étaient inséparables, unis comme des frères. Et c'est naturellement qu'après leurs études, ils sont partis ensemble sur les routes à la recherche de leur apprentissage. En pénétrant dans Sylralei, Caemsha s'est tout de suite senti chez lui, et a voulu rester. Il n'était pas très doué ni pour la magie ni pour la botanique, il s'est donc tourné vers l'alchimie. Liquis, qui ne voulait pas quitter son ami, passa les différents tests et se révéla très doué pour la magie de l'eau. C'est ainsi que tous deux s'engagèrent dans de longs apprentissages. Après plusieurs années passées dans le sanctuaire, leurs diplômes en poche, ils décidèrent de devenir aventuriers-explorateurs. C'était le métier qu'ils rêvaient de faire depuis qu'ils étaient tous petits, et c'est celui qu'ils exercent depuis près de 10 ans maintenant. Ils sont toujours allés jusqu'au bout de leurs missions. Mais aujourd'hui, ils ont renoncé, abattus par la perte de leur collègue, et également pour avoir échoué dans une quête, ils sont démoralisés. Pourtant il faudra bien repartir et finir ce qui a été commencé.

Après avoir passé la fin de la matinée à discuter dans l'une de leur chambre, ils rejoignent la hutte cantine. Ils y retrouvent le druide vu dans la forêt. Ce dernier leur donne la potion promise, puis les regarde attentivement, une sorte de mépris se lit dans son regard, ou de déception.

- Cette potion n'est que provisoire. Elle ne guérit ni les blessures de l'âme, ni celles du cœur. Si vous n'êtes pas capables de faire votre deuil, d'autres exécuteront la mission à votre place, leur dit-il sèchement.

- Maître ! Larmoient les deux explorateurs.

- Nous sommes tous affectés par votre situation, et elle n'a que trop duré. Est-ce là ce que votre ami aurait voulu voir de vous ?

- Non, Maître...

- Quel honneur ? Quelle fierté peut-on voir dans les déchets que vous êtes aujourd'hui ?

- Maître ! Vous allez un peu loin ! Réplique Caemsha qui commence à être en colère face au ton employé par le druide.

- Ah oui ? Nargue leur ancien maître devant cette réaction. Prouve-moi que j'ai tort, jeune elfe ! Dit-il en braquant ses yeux bleus électriques dans les yeux verts. L'alchimiste ne répond pas, mais ne baisse pas les yeux pour autant.

- C'est ainsi que vous nous voyez ? Demande Liquis à toutes les personnes réunies dans la salle. Des lâches ?

- Vous avez perdu plus que votre collègue cette fois, répond quelqu'un dans le fond la salle.

- C'est vrai ! Où est passée votre joie de vivre, vous qui prétendiez toujours mener à bien une mission, en rajoute un autre.

Liquis se tourne vers Caemsha, une détermination nouvelle les anime. Ils vont voir tous de quel bois ils sont faits. Pour leur honneur et celui de Gunvarg, ils vont la finir cette mission maudite. En tant que membres du temple, ils ont appris cette règle depuis longtemps déjà, mais semble l'avoir oublié : il n'y a pas d'échec, que des apprentissages. Face aux difficultés, il faut relever la tête et réfléchir à la meilleure solution pour les surmonter. Il est grand temps pour les garçons de reprendre du poil de la bête. À Sylralei, le duo est connu pour sa gaieté, la maladresse de Caemsha, l'ingéniosité de Liquis, et leur incapacité à rester plus de cinq minutes en place. C'est un choc pour tout le monde de les voir aujourd'hui se morfondre sur leur sort. Sous le coup de la remontrance, les deux anciens élèves se lèvent blessés dans leur orgueil et, sortent de la hutte la tête haute et l'air résolu, en lançant au cuisinier un « désolés de ne pas finir nos assiettes, on a un voyage à préparer ». Ce n'est pas un échec, c'est un apprentissage. Ils doivent retourner dans les Terres Sauvages, et accomplir leur mission. Tous applaudissent, mais qui ? Les aventuriers qui relèvent la tête ? Ou le maître druide qui a su trouver la faille pour les piquer au vif ? Cela n'a aucune importance, car tout le monde se réjouit de ce retour à la normale.

Le duo passe donc tout l'après-midi et les jours qui suivent, à élaborer un nouveau plan de bataille. Lors de leur prochain voyage dans les Terres Sauvages, ils doivent être prêts à affronter n'importe quel danger. Ils ont retrouvé leur combativité. Les années ont passé, mais ils restent toujours aussi fougueux quand il s'agit de partir à l'aventure.

Pour cette mission, ils ont besoin d'un nouvel équipier. Gunvarg était un nain engagé à Rundielle, la cité naine au cœur des montagnes d'Erthaglir. Cette fois, ils aimeraient recruter un démon. Ils sont réputés pour leur robustesse et leur combativité. Et pour ça, ils doivent aller à Manikéa, la cité des Instances Célestes et Infernales. Démonus, l'élu infernal, devrait pouvoir les renseigner sur les recrues susceptibles d'être intéressées pour partir à l'aventure. Ils envoient donc une missive à ce dernier pour anticiper leur venue. Celle-ci reste sans réponse jusqu'au jour de leur départ mais ils supposent que Démonus attend simplement leur venue.

Pendant leurs préparatifs, beaucoup passent les voir, pour leur proposer leur aide, leur prodiguer des conseils, ou simplement les encourager dans leur démarche. Cet élan de solidarité caractéristique des habitants du temple leur fait chaud au cœur. Ils accueillent chacun avec joie.

Liquis et Caemsha commencent à rassembler leurs affaires pour un nouveau départ. Ils passent voir les druides pour récupérer quelques potions qui sont toujours utiles, ne serait-ce que pour les premiers soins. Puis à la caisse générale, pour récupérer un peu d'argent pour les frais de voyage. Liquis se rend auprès de son mentor, pour recueillir les derniers conseils d'usage. Même si ce dernier estime que son ancien élève n'en a plus vraiment besoin. Il se contente donc de lui rappeler les règles de base en magie aquatique : toujours avoir une gourde d'eau sur soi, laisser son instinct le guider vers les sources naturelles. Caemsha, de son côté, va voir Tanguy au cas où ce dernier aurait trouvé de nouveaux livres d'alchimie, dont l'elfe est très friand. L'alchimie n'est pas de la magie, c'est une science qui s'apprend dans des livres souvent codés. La principale loi à connaître est celle de l'échange équivalent : « pour chaque chose reçue, il faut en abandonner une autre de même valeur ».

Ils doivent trouver le moyen de combattre ces vivoras, afin de ne plus en être les victimes. Dans le feu de l'action, ils n'ont pas pris le temps d'analyser la créature. Il y avait plus urgent. Ils en ont discuté avec les membres du temple, en donnant le peu de détails dont ils se souviennent. Peut-être que quelqu'un aura une idée lumineuse qui leur échappe pour faire face à ces bestioles. Le site qui les intéresse étant à la lisière de Janaya, ils doivent prendre en compte la forte possibilité d'être face à d'autres créatures qui y vivent, comme les apèpes, serpents géants ailés au venin mortel. Liquis a pris le temps de réviser ses sorts. Et Caemsha s'est plongé dans ses livres d'alchimie. Ils ont également passé toute une journée à s'entraîner au combat ensemble. Un jour, une jeune apprentie vient les trouver pour leur proposer une solution originale pour les vivoras. Puisque ce sont des femmes-mantes, leurs victimes de prédilections doivent être les mâles. Peut-être devraient-ils engager une femme qui ne se laissera pas influencer par les charmes de la vivora et n'hésitera pas à la combattre, ou au moins un être qui ne s'intéresse pas à la gent féminine. L'idée paraît saugrenue, mais ils vont y réfléchir car ce n'est pas si idiot que ça dans le fond. Au lieu d'un démon, c'est une démone qu'il leur faudrait alors. Ils verront bien ce que Démonus leur proposera.

À présent que les derniers préparatifs ont été faits, le duo se dirige vers la lisière de la forêt pour rejoindre la ville de Manikéa. Cette dernière jouxte Sylralei, et il ne leur faudra que quelques heures pour y arriver. Aucun véhicule motorisé n'est toléré dans la forêt afin de ne pas déranger la tranquillité des êtres qui y vivent et la sérénité des lieux. Aussi c'est à pied que nos deux compères atteignent les abords de la ville où ils prennent un bus pour rejoindre le siège de l'Instance Infernale.

Chapitre 2

UNE MISSION POURTANT SI SIMPLE

Biva, cité des Arts et des Sciences, est une ville futuriste avec de hauts immeubles entièrement végétalisés, permettant de garder un climat tempéré toute l'année à l'intérieur de la cité. En levant les yeux depuis la rue, on peut voir une multitude de passerelles qui relient les bâtiments entre eux. Les oiseaux sont nombreux à nicher dans cette canopée artificielle. Cela donne une ambiance tropicale à la ville. Sur les toits, on peut apercevoir des boules de verre assez imposantes, ce sont des sféralums. C'est une technologie développée pour capter les rayons de Lugania, l'étoile de la planète, mais également la lumière de Sélarté, la lune de Manikhaïos. Grâce à cette invention, il n'y a plus besoin de réseau électrique filaire. Pas de câble signifie absence de coupure d'électricité... sauf par une nuit totalement noire. Ce n'est pas négligeable quand on sait que la cité est située en bord de mer, et doit subir, l'hiver, l'assaut des tempêtes venues du large. Les trams et les vélos sont les seuls véhicules autorisés dans la ville. L'air y est agréable. L'ambiance générale de la ville est assez paisible, et même reposante.
C'est ici que sont regroupés les grands secteurs scientifiques. Tous les services travaillent ensemble. Le partage des données a permis en quelques générations un boum technologique sans précédent. De nombreux druides travaillent pour les laboratoires pharmaceutiques et les centres médicaux. Les ingénieurs de différents

domaines élaborent les technologies de demain, que ce soit dans le transport, l'immobilier, l'astrophysique ou encore le milieu médical. C'est aussi là que l'on trouve les services de surveillance par satellite. En effet plusieurs appareils ont été envoyés en orbite autour de la planète pour la communication, réseau téléphonique et internet, et quelques-uns pour faciliter l'exploration de la planète. Ainsi avant d'envoyer un groupe d'aventuriers en expédition, on localise les points d'intérêt sur les images satellites.

Revenons à nos deux aventuriers plusieurs mois avant qu'on ne les découvre à Sylralei. C'est dans l'observatoire de Biva, situé tout en haut de l'immeuble du centre de recherches spatiales, que nous les retrouvons. Ils sont assis dans le cabinet de l'archéologue spatiale, le Pr Parak. La pièce est de taille moyenne, éclairée davantage par l'ordinateur que par la lumière du jour. Plusieurs écrans diffusent en temps réel les images prises depuis l'espace. Les murs et le bureau sont couverts de photos annotées, et de cartes. La spécialiste est une femme de taille moyenne au teint bleuté, affichant ses origines océaniques. C'est une mayi, un peuple aquatique qui peut vivre aussi bien sous l'eau que sur la terre ferme. Ses cheveux, couleur bleu-vert, sont rassemblés en un chignon serré à l'arrière de sa tête. Ses yeux sont cernés, trace des longues heures passées à scruter et analyser les photos. Elle a posé ses lunettes sur sa tête pour se frotter les yeux. Depuis plusieurs semaines, elle étudie une zone en particulier dans la Plaine de l'Illusion. Elle pense avoir repéré une anomalie géologique à cet endroit. Nos deux amis ont beau être habitués au langage un peu spécial des scientifiques, ils ne comprennent pas tout des termes techniques employés par le Pr Parak. Mais voici ce qu'ils ont retenu. Loin dans les Terres Sauvages, à la lisière de la jungle Janaya, se trouve un point d'intérêt. Il y a la possibilité de traces d'une civilisation, ce qui serait inédit pour cette zone, mais ce n'est peut-être qu'une concrétion géologique.

- A-t-on observé des mouvements dans la zone permettant de confirmer la présence de vie ? Demande Liquis.

- Humm... Et bien pas exactement... Suivez-moi. Je vais vous montrer les derniers clichés que nous avons reçus d'un de nos satellites, à partir desquels je base mes suppositions, annonce le Pr Parak en se levant.

Elle les amène dans une salle à côté de son bureau. Là aussi les murs et les tables sont couverts de photos satellites. La scientifique cherche parmi les clichés étalés sur un bureau pour montrer de très légers nuages de poussières visibles sur certaines images et pas sur d'autres.

- Cela peut provenir de déplacements d'animaux, de groupes nomades comme les hommes-girafes ou d'un dragon. Mais également de vents violents dans le secteur. A-t-on vu un dragon dans le secteur, d'ailleurs ? Demande Liquis.

- Les Hommes-Girafes ne nous ont jamais parlé de peuplades sédentaires vivant dans la plaine, fait remarquer Caemsha.

- On ne les a jamais interrogés sur le sujet, non plus, réplique le mage en souriant à son acolyte.

- Humm... C'est vrai... Faudra penser à discuter d'avantage avec eux la prochaine fois, dit pensivement l'alchimiste.

- Aucun dragon n'a été répertorié à proximité du site, finit par répondre le Pr Parak.

Toutefois le mage maintient son idée, ces nuages de poussière peuvent être dus à la présence de fortes rafales de vent, ou d'animaux sauvages, et pas forcément dû à de réels déplacements de personnes. Mais il est vrai que la zone est un peu particulière. Sur les photos, on peut remarquer comme des formes rectangulaires à l'intérieur d'un cercle. De ce point, plusieurs lignes partent dans différentes directions. D'après les cartes, le site est à mi-chemin entre les montagnes et l'océan, à l'orée de la plus grande avancée de Janaya dans la Plaine de l'Illusion. Même s'il n'y a pas de peuplade sur place, les formes rectangulaires ont piqué la curiosité de Liquis. Pourquoi de telles formes sont présentes dans ce lieu où aucune civilisation n'a été signalée ? À quoi correspondent-elles exactement ? Le mage est d'un naturel curieux, et il veut avoir des réponses à ses questions. Il ne lui en faut pas plus pour accepter la mission.

Une petite question lui vient soudain à l'esprit :

- Avez-vous consulté un géologue pour savoir si ce type de formation n'est pas naturelle tout simplement ?

- Pour qui me prenez-vous ! Bien sûr que j'en ai consulté, et pour eux si la forme ronde peut être naturelle comme une colline, rien qu'ils ne connaissent n'explique les rectangles, répond sèchement le professeur.

Dans ce cas, il ne reste plus qu'à aller voir sur place de quoi il retourne. Pour Caemsha, tout prétexte pour repartir est le bienvenu. Il laisse souvent à son camarade la charge de prendre des notes sur les tâches à accomplir. Alchimiste de formation, il n'a pas choisi d'être aventurier pour les aspects scientifiques des quêtes, mais pour les frissons qui les accompagnent, même s'il leur est déjà arrivé de faire quelques belles découvertes dans son domaine. Jusqu'à présent, ils n'ont jamais rien trouvé d'extraordinaire. Sa première motivation aujourd'hui est d'épauler son ami pendant les voyages, de lui apporter un soutien technique indispensable.

Le Pr Parak reprend son exposé. La présence de ces formes géométriques est très intrigante, puisqu'il n'a jamais été fait mention d'une quelconque civilisation dans les Terres Sauvages ayant construit des bâtiments, et pour autant qu'elle sache aucun texte ancien ne parlerait d'ancien peuple non plus. Tout ceci est très étrange, et nécessite de vérifier de quoi il s'agit exactement. Il serait tout à fait inutile de se lancer dans de veines spéculations sans avoir la moindre certitude sur ce que représentent les photos.

Un signal sonore retentit dans le bureau du professeur. Celle-ci se précipite pour recevoir les nouveaux clichés de la zone. Cette fois les images sont différentes. Elles ont été prises avec une toute nouvelle technologie laser. On peut voir très clairement cette fois les rectangles et le cercle précédemment repérés et également un ovale autour de ces formes géométriques.

« Cette nouvelle technologie est formidable. Elle permet de détecter ce qui se trouve sous la terre ou la forêt. C'est vraiment très pratique. Nous

faisons tous les jours de nouvelles découvertes grâce à cette invention, » s'émerveille le Pr Parak.
Au final, cette mission est assez simple : aller sur place, et voir ce qu'il y a, éventuellement prendre quelques photos. Le plus long sera de s'y rendre et de revenir. Dans les Terres Sauvages, il n'y a pas de technologie, on voyage à l'ancienne, c'est-à-dire à cheval.

Comme à l'accoutumée, ils ont préparé leur expédition pendant une bonne semaine. Ils ont repris les cartes et les photos satellites pour évaluer la durée de l'expédition. D'après l'emplacement du site dans les Terres Sauvages, il leur faudra presque un mois pour arriver sur les lieux. Ils ont fait le point sur leur matériel et équipement. Pour les vivres, la Plaine de l'Illusion regorge de petits gibiers faciles à chasser. Ils n'auront donc pas besoin de se charger à ce niveau. Cette partie des Terres Sauvages est la plus calme. On n'y a jamais relevé de présence vraiment dangereuse, en dehors des fauves de la savane. De plus la présence des Hommes-Girafes, qui sont en perpétuel déplacement, maintient un certain calme. Après avoir fait le point sur les derniers préparatifs, ils finissent par prendre la route. En passant par Rundielle, ils ont récupéré leur coéquipier Gunvarg. Le nain est toujours partant pour une nouvelle aventure et il les attendait avec impatience depuis qu'il avait reçu leur lettre. Et il s'est pris d'affection pour ces deux partenaires.
  - Alors les p'tits gars ! Quelle direction cette fois ? Leur demande-t-il joyeusement en les serrant dans ses bras robustes.

- La Plaine de l'Illusion, à la lisière de Janaya, répond Liquis le souffle un peu coupé après l'étreinte viril el du nain.

- On en a pour un mois environs pour y arriver, complète Caemsha.

- Dans ce cas, ne perdons pas plus de temps, et prenons le prochain train pour Tamagoska, conclut Gunvarg.

L'équipe au complet s'est rendue à la bourgade de l'autre côté des montagnes, dernier point « civilisé » avant le grand voyage. Ils y ont récupéré des montures, unique moyen de locomotion de ce côté des montagnes d'Erthaglir. Après un rapide passage par le camp d'entraînement, le trio prit la direction de l'ouest pour s'enfoncer dans la Plaine de l'Illusion. Comme à leur habitude, ils négligèrent de passer un accord de secours avec un dragon, mais est-ce que cela aurait changé quelque chose au futur qui les attendait. Ils chevauchèrent deux semaines avant d'atteindre la lisière de la jungle qu'ils voulaient longer jusqu'au point d'intérêt. Le voyage était paisible. Et trop confiants, ils n'ont pas pris en compte les dangers que peut renfermer Janaya. Ils ne leur restaient plus que quelques jours de chevauchée pour atteindre leur objectif. Et ils établirent leur camp ce soir-là à moins d'un kilomètre de la jungle où les attendait un bien funeste destin.

Un destin qui les obligera à faire demi-tour si prêt du but, et va les anéantir moralement pour un bon moment.

Chapitre 3

UN RECRUTEMENT HORS NORME

Aujourd'hui nos deux aventuriers doivent trouver un remplaçant ou une remplaçante à Gunvarg. C'est la mi-journée lorsque Liquis et Caemsha arrivent à Manikéa. C'est une cité en bord de mer, coincée entre Sylralei à l'ouest et le fleuve Magus à l'est. Dans l'ensemble, elle est composée de petits immeubles et de maisons. On y trouve, en son centre, une grande place de marché. Un seul building domine la ville, celui des bureaux de l'Instance Céleste. Ils ont rendez-vous avec Démonus, élu de l'Instance Infernale dont les locaux se situent dans un blockhaus sur le littoral. C'est un dédale de couloirs mal éclairé. Les non-initiés se perdent pendant des heures dans ce labyrinthe, et nos aventuriers n'échappent pas à la règle. Ils tournent pendant un long moment avant de rencontrer un démon suffisamment sympathique pour les conduire jusqu'au bureau du maître des lieux. L'élu les attend. Plongé dans la pénombre, seul son visage est illuminé par son écran d'ordinateur et une petite lampe. Enfin, on ne distingue pas grand-chose, le dirigeant de l'Instance Infernale porte un imperméable noir au col relevé et un chapeau fédora qui lui couvre le visage jusqu'au niveau des yeux. Son visage, d'ailleurs, est complètement noir, et seuls ses yeux blancs sont visibles. Le duo a un sentiment de malaise en découvrant ce personnage qu'ils rencontrent pour la première fois. Sur invitation de ce dernier, ils prennent place sur les chaises qui lui font face. Liquis fait un rapide point sur qui ils sont et la raison de leur présence. Démonus l'écoute sans prononcer un mot. L'ambiance est tendue, et Caemsha a un mauvais pressentiment. L'élu prend un temps avant de répondre.

- Je n'ai aucune envie de me défaire d'un de mes gardes pour qu'il aille batifoler dans la nature. J'ai déjà des difficultés à recruter, soyons logiques. Vos petites mésaventures ne prouvent qu'une chose : votre manque de vigilance.

- Vous êtes dur avec nous. Comme nous vous l'avons dit, nous sommes aventuriers depuis un certain nombre d'années maintenant, et... commence Liquis.

- Et ça ne fait pas de vous, des personnes compétentes en la matière ! Coupe Démonus. Pour preuve vous avez perdu bêtement votre équipier.

- Nous ne l'avons pas perdu « bêtement » comme vous dites. Nous avons fait face à une espèce animale non répertoriée. On ne pouvait pas anticiper ce genre de danger. Et Gunvarg était un aventurier aguerri. Vous n'avez pas le droit de salir son nom. Nous vous demandons juste si vous connaissez quelqu'un qui accepterait de nous suivre dans cette mission, grogne Caemsha.

- Ma réponse est non. Vous connaissez la sortie. Je ne vous raccompagne pas. J'ai fort à faire.

Démonus n'a aucune envie de leur laisser un de ses démons pour partir à l'aventure. Ces dernières années, il a de plus en plus de mal à recruter de nouveaux gardes, ce n'est pas pour les refiler au premier quémandeur.

Liquis et Caemsha repartent bredouilles. Dépité par cet entretien, le mage se remet en question sur ce qu'il s'est passé avec la vivora. Aurait-il pu empêcher le drame de se produire ? L'elfe coupe court à ses réflexions. C'était une situation totalement imprévisible. La zone avait été déclarée calme et sans danger, seulement quelques semaines avant les événements. L'agressivité de l'élu infernal ne doit en rien les détourner de leur objectif. Il a refusé de leur fournir un de ses gardes ou au moins un nom. Ils doivent donc trouver quelqu'un par eux-mêmes.

Ils déambulent dans les rues, réfléchissant à une nouvelle stratégie. Caemsha finit par dire :
 - Au pire, on pourra toujours trouver un aventurier disponible à Véral.
 - Sincèrement, Caem, je préfère trouver quelqu'un ici de motiver.
 - T'as pas confiance dans les collègues ?
 - Tu sais comme moi, que la plupart sont des casse-cou. Après toutes ces années, nos seuls véritables amis sont à Sylralei. Je n'aime pas l'idée de passer des semaines avec un type ou une donzelle, avec qui le courant ne passe pas, réplique boudeur le mage.
 - C'est pas faux. Mais faudra bien qu'on trouve quelqu'un !
Même si après avoir longuement étudié les cartes, ils ont fini par établir un tracé qui passe loin de Janaya, une autre route plus directe pour atteindre leur cible, ils ne peuvent pas réaliser cette mission seule. Les groupes d'aventuriers partent toujours à trois au minimum pour une question de sécurité.

Le jour commence à baisser. C'est l'heure où la délinquance fait ses plus beaux larcins. La population commence à changer dans la rue. Il y a un peu plus de démons, ce qui redonne de l'assurance aux aventuriers. Avec un peu de chance, ils trouveront quelqu'un qui accepterait de les suivre avant leur départ. Les boutiques baissent leur rideau les unes après les autres. Notre duo cherche un petit hôtel où passer la nuit. Le lendemain, ils prendront le train pour Véral. Ils sont dépités par tout ce qu'ils ont croisé, de la petite délinquance en qui il est hors de question de confier sa vie. Car c'est ça aussi une équipe d'aventuriers, c'est de la confiance, remettre sa sécurité au groupe, veiller les uns sur les autres. Ils ne peuvent pas engager un type qui va les égorger dans leur sommeil pour les quelques pièces d'argent qu'ils possèdent. Au détour d'une ruelle, ils tombent sur un démon de plus d'1,90m de haut, violet, la tête finissant en éclair, une veste doudoune sans manches en dégradé rouge orange. Skotinos « régit » les petits malfrats de la ville, selon les termes de son patron. Il n'a plus le goût au métier. Autrefois la pègre de Blaicia était crainte et respectée, maintenant, il n'y a plus de panache. Le Mal n'est plus comme avant, c'est plus sournois. Il n'y a plus de démon vraiment classe comme Démonus. Skotinos a parfois l'impression d'appartenir à une autre époque. Caemsha et Liquis ne sont pas de petite taille, mais les proportions du démon les surprennent. Bien qu'ils soient tous deux en très bonne condition physique de par leur métier, ils sont impressionnés par la musculature de Skotinos. Les deux acolytes se regardent et dans un accord silencieux, lancent en chœur : « Vous !

Vous ! Vous êtes le bon, vous ! ». Le démon se retourne, surpris, pour découvrir les deux arrivants. Il les dévisage, ne comprenant pas vraiment en quoi il est le bon à leurs yeux. Après un rapide coup d'œil, il voit qu'il a sans doute affaire à des aventuriers.

- Et en quoi suis-je le bon au juste ?
- Vous avez une musculature vraiment impressionnante. Vous faites du sport ? Demande Liquis en lui tournant autour.
- Non pas vraiment, sauf si on considère que courir après ces énergumènes est du sport.
- Vous d'vez pas avoir peur du danger, avec une telle carrure, enchaîne Caemsha.
- Peut-on parler de danger dans les rues de Manikéa ? Je suis garde de l'Instance Infernale depuis un bon paquet d'années maintenant. On ne peut pas dire que je trouverai ma dose d'adrénaline ici. C'est devenu beaucoup trop calme.

Les deux compères se regardent. Démonus ne voulait pas leur prêter un de ses gardes, mais s'il vient de lui-même, il ne pourra rien dire. Un éclair de malice passe dans les yeux du mage pour finir dans ceux de l'alchimiste. Ils peuvent simplement discuter avec ce brave démon, et lui demander s'il ne connaîtrait pas à tout à hasard, quelqu'un qui serait intéressé pour partir à l'aventure.

- Nous manquons à nos devoirs. Je me présente, Liquis, aquamage et aventurier-explorateur de métier. Et voici Caemsha, alchimiste et également aventurier-explorateur. Nous sommes actuellement à la recherche d'un nouveau partenaire pour partir en mission.

- En vous voyant dans la rue, nous avons pensé que vous connaîtriez peut-être quelqu'un qui serait intéressé par notre offre.

- Je me nomme Skotinos. Il se pourrait que je connaisse effectivement quelqu'un, mais j'ai besoin d'en savoir plus sur vous, votre boulot et cette fameuse mission.

- Bien sûr, répond l'elfe. Est-ce que vous connaissez une auberge où on pourrait discuter autour d'un bon repas ?

- Et qui proposerait des chambres ? Renchérit Liquis.

Il y a bien une petite auberge à proximité de là où ils sont, et le démon propose de s'y rendre pour discuter plus au calme. Une fois arriver à l'établissement, Caemsha demande à la gérante s'il lui reste des chambres pour la nuit. Cela leur évitera de continuer à chercher un hôtel. Cette formalité réglée, il rejoint le mage et le démon. Pendant ce temps, Skotinos et Liquis ont pris place à une table et passent commande d'un repas pour trois. Le mage parle à toute vitesse, tellement il est excité à l'idée de ce nouvel équipier. Le démon ne comprend rien de ce que cet humain avec une tache bleue sur la figure raconte. Est-il fou ? Lorsque l'alchimiste s'assied à son tour, voyant l'air dépité de leur potentielle recrue, il stoppe son collègue. L'elfe explique calmement qui ils sont, leur métier et leur nouvelle mission. Il passe vite fait sur le problème rencontré, pour en venir à la nécessité de trouver un nouvel équipier. Il énumère les qualités qu'ils recherchent, et dont Skotinos semble être muni. Ce dernier l'écoute attentivement. Il est vrai que depuis les événements avec la rébellion, il y a de nombreuses années, il s'ennuie ici. La délinquance a changé. Il ne prend plus de plaisir avec ces humains qui veulent passer pour des durs sans devenir des démons. « Gérer » la délinquance n'a rien d'une partie de plaisir, c'est même devenu très ennuyant. Les nouveaux engagés sont pathétiques et sans envergure. Partir à l'aventure est peut-être une bonne idée. Il pourrait voir du pays. Bien sûr, le patron ne sera pas content, mais il stagne depuis trop longtemps à son poste de capitaine des gardes. Sa rencontre avec ces deux gars est peut-être un signe. Il est temps de changer d'air. Toutefois, il veut prendre le temps de la réflexion. Il ne veut pas se précipiter. Et puis avant de partir, il a des affaires à régler, à commencer par sa démission. La soirée se prolonge, et le trio fait plus ample connaissance. Skotinos finit par prendre congé en leur promettant de les retrouver à l'auberge le lendemain matin pour leur donner sa réponse.

Le démon passe le reste de la nuit à discuter avec son compagnon de vie sur la meilleure décision à prendre. Une vie d'aventurier impliquera qu'ils ne se verront pas pendant plusieurs semaines, peut-être même des mois. Ce sera difficile pour leur couple. Mais son concubin finit par lui dire combien, ces derniers temps, Skotinos était devenu invivable à cause du travail. Un changement leur fera le plus grand bien. Ce n'est pas une rupture juste un besoin de prendre un peu de distance, pour plus de plaisir de se retrouver plus tard. Et puis ils ont déjà une amie qui est aventurière et leur raconte sa nouvelle vie chaque fois qu'elle revient à Manikéa. Ils savent à quoi s'attendre. Le démon prend alors sa décision. Finalement au petit matin, il se rend dans le bureau de son patron pour lui remettre sa démission. Ce dernier refuse de le laisser partir. Il ne peut pas se permettre une telle perte. Mais Skotinos est inflexible, avec ou sans l'accord de Démonus, il part. L'élu baisse la tête pour contenir l'envie qu'il éprouve d'étriper son subalterne. Il va lui falloir nommer un nouveau capitaine. Skotinos, débarrassé de cette étape délicate, rejoint comme promis les aventuriers à leur auberge. Il est prêt à partir à présent. C'est une nouvelle vie qui s'ouvre devant lui. Un sentiment d'extase l'envahit, il a retrouvé sa jeunesse. Accompagnés de leur nouvel équipier, Liquis et Caemsha se dirigent vers la gare pour prendre le train et rejoindre la cité des aventuriers.

Véral est une ville qui grouille d'activités. Unique lieu de passage pour rejoindre les Terres Sauvages, tous les aventuriers s'y retrouvent. En apparence, on pourrait se croire dans une ville du far-west à l'époque de la ruée vers l'or, à quelques détails près. En effet, les technologies développées à Biva sont bien entendues présentes en ces lieux. On peut donc dire qu'ici, les aventuriers de Blaicia sont bien mieux lotis que les chercheurs d'or de la Terre. D'autre part, on croise dans les rues des mages dans leurs robes aux couleurs vives, des druides en tunique blanche, des alchimistes au long manteau rouge, ou au look plus aventurier comme Caemsha, mais également des anges de la garde céleste en armure de plates, ou encore toutes sortes de démons. Ici les marchands se disputent la place avec les auberges, aussi nombreux les uns que les autres.

Après plus de dix heures de voyage, notre équipe pose enfin les pieds sur le quai de la gare. Première étape en descendant du train, trouver où se loger pour la nuit, le trio fait le tour des auberges pour prendre des chambres. Le passage incessant d'aventuriers rend la tâche plus difficile qu'il n'y paraît. En poussant la porte de la seconde hôtellerie, un cri strident vient leur transpercer les oreilles. L'instant d'après, Skotinos se retrouve avec une succube-chat pendue à son cou. Elle ronronne « Skoti chéri ! Tu m'as finalement rejoint ! ». Non sans difficulté, le démon finit par décrocher sa collègue. Liquis et Caemsha découvrent alors Nirta dans une superbe robe rouge qui met en valeur les courbes généreuses de son corps. Sa peau noire et ses yeux de chat vert émeraude ne laissent personne indifférent à ses charmes. C'est à ce moment-là qu'elle remarque la présence des deux individus aux côtés de son ancien collègue de travail. Elle commence à tourner autour de Caemsha, puis de Liquis, évaluant mentalement l'intérêt de cette chair fraîche à porter de mains. Mais elle est coupée dans la progression de ses pensées par Skotinos. Il fait les présentations, et explique rapidement leur présence à Véral. « Skotinos ! Partir à l'aventure, voilà qui est intéressant », se dit intérieurement la demoiselle. Cela fait quelques années que Nirta a quitté la garde infernale en quête d'un travail plus excitant. C'est elle, l'amie devenue aventurière. Ces derniers temps elle n'a pas eu de propositions très intéressantes à ses yeux. C'est peut-être l'occasion qu'elle attendait. Elle tente de convaincre Liquis et Caemsha de la prendre elle aussi comme équipière. Mais quand il s'agit du boulot, les deux compères sont intransigeants : pas de gens qui ne savent pas se défendre en expédition. C'est une règle de survie. En les entendant, Skotinos se met à ricaner dans son coin. D'abord pour le plaisir de voir la démone se prendre un refus. Ensuite il connaît la force de Nirta pour avoir déjà travaillé avec elle.

- Ne vous trompez pas les gars. Nirta était l'un des membres les plus redoutables de la garde. Le patron a eu beaucoup de mal à encaisser sa démission. Et personne n'a été capable d'égaler ses performances.

- Elle est peut-être douée pour séduire, réplique l'elfe qui reste indifférent face aux charmes de la belle. Mais ce n'est pas ça qui lui sauvera la peau face aux dangers des Terres Sauvages. Si elle ne sait pas se battre, qu'elle aille voir ailleurs si j'y suis.

- Mon mignon, crois-tu qu'un chat a des griffes juste pour y mettre du vernis ? Maintenant je peux te faire une petite démonstration de leur utilité réelle sur ta personne. Même si je préfèrerais faire d'autres usages de ton corps...

- Nirta ! S'énerve Skotinos. Ce n'est pas comme ça que tu rejoindras le groupe !

- Ah bon ? Alors, mon joli petit elfe, veux-tu que je te montre ?

- Skotinos, intervient Liquis, de quoi est capable ton amie en combat ? Peut-on lui faire confiance ?

- À dire vrai, du meilleur comme du pire ! Plus sérieusement, il y a longtemps que je n'ai pas vu Nirta se battre. Alors je pourrais mieux évaluer son niveau actuel au cours d'un entraînement par exemple.

- Bien. Rien ne presse pour notre mission. Et une personne de plus dans l'équipe pourrait être utile. Il me semble qu'il y a une salle pour ce genre de petit duel en ville. Nous irons y faire un tour demain matin. Ton amie pourra alors nous montrer de quoi elle est capable en t'affrontant, propose le mage.

En réalité, le démon sait parfaitement que son ancienne coéquipière n'a rien perdu de ses anciennes capacités au combat, il est plutôt curieux de savoir à quel point elle s'est améliorée depuis qu'elle est partie sur les routes. Une petite séance d'entraînement avec elle ne lui fera pas de mal, l'occasion pour Nirta de montrer qui elle est, et pour Skotinos de se dérouiller un peu. D'autre part, même si c'est une insupportable séductrice, elle pourrait se montrer utile pendant les voyages. Sur ce dernier point, l'alchimiste fulmine, il n'a pas apprécié les sous-entendus de la succube. Une bonne raclée la remettra à sa place. L'elfe ne s'est jamais intéressé aux relations amoureuses d'une manière générale. Il est ce que la société appelle « aro ace », aromantique et asexuel. Il est un très bon ami, mais ne sera l'amant de personne. Le fait que Nirta lui fasse des avances l'énerve plus qu'autre chose. Il part au bar commander une boisson pour se changer les idées, jubilant d'avance sur ce que pourra subir la succube entre les mains puissantes du démon. Le barman sert un verre d'alcool à Caemsha. Il regarde la succube.

- Et bien ! Mon vieux ! C'est une sacrée équipe que t'as, là !
- Avec Liquis, on avait besoin d'un nouvel équipier. Et je dois dire que je suis plutôt content

de ce démon. Mais sa copine me casse déjà les pieds !

- Nirta est une brave petite. Faut apprendre à la connaître...

- Pas envie ! Rétorque l'elfe.

- T'as tord, mon gars. Elle s'est fait une jolie petite réputation dans le milieu ces dernières années. Ça m'étonne que t'es jamais entendu parler d'elle.

- Ah ouais ? Et de quoi elle est capable au juste ? Laisse tomber. De toute façon, Skotinos s'est proposé de la mettre à l'épreuve dans un duel. On verra demain de quel bois elle est faite, cette chatte en chaleur.

Le barman sourit. Les rumeurs sur la succube disent que c'est une vraie combattante qui n'a pas froid aux yeux, et qu'elle aurait une très bonne endurance, sans parler d'autres compétences bien utiles pour les aventuriers en mission.

De bonne heure le lendemain, ils se rendent dans une des salles de duel de la cité. Nirta ne s'est même pas donnée la peine de se changer. Il est vrai que sa robe est ultracourte et les fentes de sa jupe laissent ses cuisses libres de tous mouvements. Le combat dure environ une bonne heure. Si dans un premier temps Skotinos semblait jouer avec sa proie, très vite Nirta s'est révélée être une redoutable panthère aux griffes acérées. Ils se lancent des piques pendant leur combat. « Je t'ai connu plus agile, ma vieille. » Et Nirta de répliquer : « Dis celui qui a perdu son agressivité ! »

Liquis les observe attentivement. Au bout d'une demi-heure, il finit par comprendre qu'ils s'entraînent sérieusement, mais avec un immense plaisir dans les yeux. Après tout, ce sont des démons, anciens membres de la Garde Infernale. Malgré l'agressivité qu'ils montrent, cela reste un jeu pour eux. Ils n'hésitent pas à se donner des coups de griffes, mais cela ressemble à une bataille de chat. Nirta, très agile et beaucoup plus petite que Skotinos, lui grimpe dessus pour le mordre ou donner un petit coup de griffe bien placé. Le démon n'est pas en reste, et taillade le cuir de la succube en différents endroits. Liquis discute avec Caemsha pour se mettre d'accord. L'alchimiste aussi en a profité pour analyser cette pimbêche. Au vu des performances de la démone, ils acceptent qu'elle se joigne à l'équipe. Par contre, il va falloir faire les boutiques. Sur le plan vestimentaire, Nirta n'est vraiment pas équipée pour l'exploration selon les critères de l'alchimiste.

L'après-midi, Caemsha accompagne Skotinos à la Guilde des Aventuriers-Explorateurs pour son inscription sur les registres. C'est une démarche administrative obligatoire. Cette formalité faite, ils peuvent s'attaquer à un autre problème. Les tenues de la démone ne sont pas adaptées pour le voyage. Bien qu'elle pratique le métier depuis longtemps maintenant, elle n'avait jamais considéré ses tenues comme un problème. Aucun groupe avec qui elle a travaillé ne lui en avait fait la remarque. Mais l'elfe semble y attacher une grande importance, alors comme elle veut vraiment rejoindre ce groupe, elle se plie à ces exigences. Commence alors une grosse galère qui va durer toute la fin de journée. De boutique en boutique, les séances d'essayage se succèdent. Mais rien ne plaît à notre succube. En effet, Nirta est trop exigeante sur ses tenues. Elle finit par trouver un bustier en cuir rouge orange et un pantalon en toile beige. Des bottines complètent sa tenue, ainsi qu'une veste courte en cuir marron. Ce petit détail réglé, Liquis et Caemsha font le tour des échoppes pour acheter le matériel nécessaire à l'expédition. Lors de leur dernière aventure, ils ont dû abandonner une partie de leur équipement pour fuir le danger. Maintenant qu'ils sont plus nombreux, il leur faut des sacs enchantés supplémentaires, tente, gourdes, etc. Les sacs enchantés sont indispensables. Ils permettent de transporter des tas de choses sans être encombré par tout ce bazar. Créé par les mages, c'est vraiment très pratique.

Les emplettes terminées, ils rentrent à l'auberge pour une dernière nuit. Demain ils prendront le train pour Rundielle.

Chapitre 4

VOYAGE VERS LES TERRES SAUVAGES

Notre équipe d'aventuriers arrive en fin de matinée à la cité des nains. Skotinos n'avait jamais vu tant de magnificences. Taillée à même la roche, la cité n'est que dentelles de pierre. Rundielle est la cité au cœur des montagnes d'Erthaglir. C'est l'unique ville de Blaicia où un seul peuple est présent en permanence. Dans les autres villes, on trouve toutes les races mélangées, humains, elfes, nains, mayis... Les nains sont des experts pour trouver les minerais et les gemmes utilisés à travers tout le territoire. Ils sont également de grands inventeurs et bâtisseurs. La cité est éclairée par de nombreuses gemmes magiques aux couleurs chatoyantes. La gare, car il y en a une, fait étalage du savoir-faire des nains en architecture. De hauts piliers finement ouvragés marquent son entrée. Le train qui circule sous la montagne utilise une technologie qui lui est propre. Les sféralums ne fonctionnant pas ici, les nains utilisent donc des gemmes de Dizz, dont l'énergie est quasi inépuisable. En sortant de la gare, on se retrouve directement sur une place centrale autour de laquelle se sont regroupés différents commerces. On peut trouver ici le forgeron, les armuriers, tout ce dont les aventuriers ont besoin pour se défendre, ainsi que quelques revendeurs de métaux et de minerai. En s'enfonçant dans les ruelles, on pourra repérer quelques auberges, restaurants et autres tavernes. Plus loin, dans les galeries, s'ouvrent divers ateliers. Plus les nains creusent la roche, plus Rundielle grandit.

Nirta est fascinée par une démonstration d'arme à feu. Elle en a déjà vu, mais c'est la première fois qu'elle envisage d'en avoir une. Elle aimerait essayer ces objets bizarres. Mais les hommes préfèrent écouter leur estomac qui sonne l'heure du repas. L'équipe va donc d'abord se restaurer dans une taverne. La démone noie de questions Caemsha sur ces objets qui crachent le feu. Il répond autant qu'il peut, jusqu'à ce qu'il perde patience et finisse par lui répondre d'aller voir l'armurier. L'elfe n'a jamais eu besoin de ce type d'arme, puisqu'avec l'alchimie, il peut créer des projectiles. En plus il trouve ça trop bruyant. Liquis accompagne donc Nirta chez l'armurier. Celui-ci présente différents types de pistolets à la succube. Elle est surexcitée, une enfant dans un magasin de jouets. Elle demande à pouvoir essayer ces armes avant de choisir. Le commerçant ravi l'emmène dans une salle à l'arrière du magasin prévue pour l'entraînement au tir. Lorsque Nirta appuie sur la gâchette pour la première fois, la puissante vibration qu'elle ressent dans le bras lui fait lâcher l'arme, et la détonation lui transperce les tympans. Finalement ces objets sont beaucoup moins attrayants aux yeux de la démone. Quand elle rejoint Liquis dans la boutique, elle a le teint livide, et tremble de tous ses membres. Le vendeur la soutient pour qu'elle ne tombe pas. Le mage interroge du regard le vendeur pour comprendre ce qu'il s'est passé. Celui-ci se contente de hausser les épaules avec un sourire : « La d'moiselle n'est pas faite pour ce genre de jouet. Il lui faut des armes plus silencieuses, » dit-il en rigolant. Nirta tremble comme une feuille, après cette expérience, elle n'est pas prête de reprendre un pistolet dans sa main. Liquis réfléchit.

- Tiens-tu vraiment à avoir une arme ? Pendant ton combat contre Skotinos, tu ne semblais pas en avoir besoin.
- Avec Skoti, c'est de l'entraînement. Je n'ai pas besoin de protéger ma vie. Mais j'ai bien compris que vous prenez des missions beaucoup plus dangereuses que les groupes avec qui j'ai bossé. Je ne peux pas toujours me battre à mains nues. Et Caemsha a été très clair, je dois pouvoir me défendre seule. Ces dernières années, je n'ai jamais eu besoin de pratiquer réellement l'autodéfense. Même si je suis une ancienne garde infernale, les mecs ont tendance à me surprotéger, tu vois.

Le mage sourit de voir la détermination chez Nirta.

- Dans ce cas, veux-tu essayer le tir à l'arc ou l'arbalète ?
- Je peux toujours essayer.
- Très bien, allons voir le deuxième armurier.

Dans ce second magasin, outre les arcs et les arbalètes, on trouve également des armures de plates, des cottes de mailles et d'autres vestes de cuir, ainsi qu'une importante collection d'armes blanches. Encore une fois, Nirta se retrouve à l'arrière de la boutique pour essayer ces armes de jet. Malgré la force dont elle est capable en combat, elle peine à bander l'arc pour tirer sa flèche. Quant à l'arbalète, le temps de rechargement est trop long. Par contre une mini-arbalète automatique montée sur un brassard en cuir complétée par une dague, c'est l'arme idéale pour notre chasseuse. Son utilisation s'adapte très facilement au style de combat de notre succube. Alors qu'ils vont pour sortir du magasin, Nirta aperçoit sur une étagère un sabre court, un kodachi. Elle n'a pas de connaissance dans le maniement de cette arme, mais l'armurier affirme qu'il est idéal pour le combat rapproché. Elle se laisse tenter, et ressort cette fois bien équipée. Liquis est ravi de voir qu'elle prend cette mission très au sérieux. Au premier abord, il l'avait jugé volage, et trop superficielle. Finalement, ce sont deux redoutables équipiers qu'ils ont recrutés. La suite de l'aventure promet d'être amusante avec eux.

Pendant ce temps, Caemsha et Skotinos déambulent d'une boutique à une autre. Skotinos n'a pas besoin d'arme, car il est doté d'un pouvoir lui permettant de créer des boules d'énergie. Il ne l'a jamais vraiment utilisé, puisqu'il ne s'est jamais retrouvé dans une situation vraiment dangereuse pour lui. Aussi il se contente d'admirer l'architecture de la cité. L'elfe lui montre les différents minerais et leur utilisation générale. En passant devant une boutique de gemmes, le démon est captivé par les lueurs qui s'en dégagent. L'alchimiste lui explique à quoi elles correspondent. Le propriétaire de la boutique vient compléter les informations. L'après-midi s'écoule tranquillement. Caemsha profite de cette balade pour faire quelques emplettes, avant de retrouver en début de soirée l'autre partie du groupe à l'auberge. Comme il se fait tard, et qu'il y a presque quatre heures de train pour atteindre la ville de Tamagoska, de l'autre côté des montagnes, ils passent la nuit à l'auberge.

Demain sera leur dernière étape en territoire civilisé avant d'entrer dans les Terres Sauvages.

Au petit matin, ils prennent donc le train pour Tamagoska. C'est l'unique gare des Terres Sauvages. Il s'agit d'une bourgade aux pieds des montagnes fondée par d'anciens aventuriers à la retraite. On y trouve quelques échoppes, tavernes et auberges, mais surtout des écuries. Pour parcourir cette partie du continent, le cheval est le seul moyen de transport. Marchands et explorateurs prennent donc leurs montures en ces lieux. Par respect pour les peuplades présentes de ce côté des montagnes, personne n'a développé de moyen de transport plus pratique et plus rapide pour les aventuriers. Si en apparence, ce sont des peuplades primitives, elles ont en réalité choisi volontairement de rester proches de la nature qui les a créées. Par conséquent, la technologie est rare, voir inexistante quand on quitte Tamagoska.

Notre équipe arrive en milieu de matinée. La petite ville ressemble à une ville médiévale avec ses maisons en pierre à colombages colorés et ses rues pavées. Avec son allure moyenâgeuse, on en oublierait presque qu'elle bénéficie des mêmes avancées technologiques que les autres villes de Blaicia.

À peine descendu du train, Liquis file à l'Écurie du Crépuscule pour prendre des chevaux, dont il connaît les patrons depuis des années. Alors qu'il était jeune aventurier avec Caemsha, ils leur avaient appris à monter à cheval, et comment bien s'en occuper pendant les voyages. Toutes les écuries ne se donnent pas cette peine. Mais c'est aussi avoir la garantie de récupérer ses chevaux en bonne santé après les longs voyages qu'ils effectuent. Si les aventuriers ne prennent pas soin de leur monture, celle-ci pourrait périr pendant le trajet.

Lors de leur dernier voyage, ils avaient ramené les chevaux bien affaiblis à cause du rythme soutenu qu'ils leur avaient imposé pour rentrer au plus vite. Liquis risque d'avoir du mal à négocier de nouveaux chevaux.

- Tiens ! Tiens ! Mais qui c'est qui r'montre le bout de son nez ? Envoie le palefrenier en apercevant Liquis.

- Bonjour l'ami.

- Après c'qui s'est passé la dernière fois, j'aurais juré n'plus t'revoir avant fort bein longtemps.

- On nous a confié une mission. Nous devons l'accomplir.

- Et tu comptes y r'tourner seul avec ton pote ?

- Non, nous avons recruté deux personnes. Elles savent se battre et se défendre.

- J'espère pour vous. J'suppose que t'es pas là pour tailler la bavette. Je t'écoute.

- Il nous faudrait quatre chevaux, dont un assez costaud. On a un grand gaillard avec nous.

- La dernière fois, vous'vez pas ménagé mes bêtes, alors pourquoi qu'j't'en filerais d'aut' aujourd'hui ?

- Parce que tu sais comme moi, que nous étions dans l'urgence. On avait les restes d'un ami à ramener à sa famille. J'espère ne plus jamais être confronté à ça, réplique sombrement Liquis en regardant le sol.

- Bien. J'te les prépare. Mais à une condition !
- Laquelle ?
- Tu passeras un accord avec un dragon au

camp des Guerriers-Éléphants, pour qu'il vous vienne en aide en cas de besoin. Même dans la Plaine de l'Illusion, on doit parer à toute éventualité. N'pas le faire c'est d'suicide, p'tit.

- C'est une erreur que nous ne ferons plus, je t'en donne ma parole. Marché conclu ?
- Marché conclu ! Répond le palefrenier en serrant la main du mage.

Pendant ce temps, Caemsha descend la rue principale, accompagné des deux nouvelles recrues en direction de son auberge préférée, l'auberge de la Petite Fille au Bouclier. Ils en profitent pour faire les derniers achats nécessaires à l'expédition. Tenu par un ancien groupe d'aventuriers, l'établissement est réputé pour sa bonne cuisine et sa bonne ambiance. Arrivé sur place, Caemsha salue le tenancier, qui se prénomme Tev, un grand gaillard qui refuse de quitter son armure de plates, ça fait pourtant des années qu'il n'est plus parti à l'aventure. C'était un ancien garde céleste avant que le gout du voyage ne le prenne. Bien qu'elle soit déjà venue à Tamagoska, c'est la première fois que Nirta vient dans cet établissement. La succube ne met pas plus d'une minute pour repérer au milieu de la salle l'elfe de grande taille circulant entre les tables, s'arrêtant pour discuter avec chacun. Sa robe rouge de mage le mettant en évidence, il n'en faut pas plus pour réveiller les instincts primaires de la démone.

Lorsque Liquis arrive à son tour à l'auberge, il trouve Caemsha et Skotinos attablés devant un repas en grande conversation. Quant à Nirta, elle dévore des yeux le pyromage de l'établissement.

En approchant de la table, il est accueilli par des rires, ses deux acolytes essaient de déterminer qui de la succube ou de l'elfe est le plus dragueur. Il est vrai que Fir, l'elfe de l'auberge, a une réputation des plus sulfureuses. Laissant de côté ces frivolités, Liquis annonce qu'ils pourront partir en début d'après-midi. Skotinos cesse immédiatement de rire quand il entend parler de chevaux.

- C'est quoi le problème ? Demande Caemsha étonné par la réaction du démon.

- Et bien je ne sais pas monter à cheval. Je ne sais même pas si ces animaux seraient capables de supporter mon poids, réplique le démon le teint blême.

- Si tu m'avais rejoint plus tôt, tu aurais appris comme moi, nargue sa collègue qui est revenue ce qui se passe à leur table.

- Ne t'inquiète pas, j'ai prévenu le palefrenier qu'il nous faudra un cheval spécial pour toi. Nous prendrons un peu plus de temps pour rejoindre le camp. En temps normal, nous mettons deux jours avec Caemsha pour l'atteindre. S'il faut en passer quatre, ce n'est pas un problème. Le mage de l'équipe se veut rassurant.

En début d'après-midi, aidés par les propriétaires de l'Écurie du Crépuscule, Skotinos fait face à sa première épreuve dans les Terres Sauvages, monter tant bien que mal sur son cheval, et essayer d'assimiler les conseils qu'on lui donne. C'est parti pour quelques jours de voyage.

Pendant que le démon tente de maîtriser sa monture, et l'art de l'équitation, Nirta prend de l'avance sur le groupe pour s'arrêter un peu plus loin et essayer son arbalète sur du menu gibier. Elle va avoir besoin d'un bon entraînement pour mieux viser. La première partie du voyage est très éprouvante pour notre démon, qui se couche le soir avec des courbatures de partout, mais fier d'avoir réussi un tel exploit. La démone se couche vexée de n'avoir rien ramené de sa chasse. À partir du lendemain ils augmenteront progressivement l'allure pour connaître les limites de Skotinos. Mais le démon apprend vite à gérer sa monture. De son côté, Nirta a de moins en moins d'avance sur l'équipe pour s'exercer au tir. Liquis la rassure en lui rappelant qu'au camp elle aura tout le temps pour maîtriser ses nouvelles armes. En arrivant au campement des Guerriers-Éléphants, ce n'est pas encore un cavalier aguerri, toutefois Skotinos a fait de gros progrès. Et ils ont réussi à parcourir la distance en seulement trois jours et demi, ce qui est un record avec un novice.

Chapitre 5

A L'AVENTURE, COMPAGNONS !

Dès leur arrivée au campement, une éléphante, en plastron et jupe de cuir, leur fait face, armée d'un corvus, leur interdisant le passage. La guerrière leur demande la raison de leur venue. Liquis et Caemsha prennent les devants, et vont discuter avec la Guerrière-Éléphante, car il y a des règles de bienséance à respecter ici.
« Bonjour à vous, noble guerrière, salut Liquis. Nous venons à vous pour nous préparer à une nouvelle expédition. Nous avons avec nous une nouvelle recrue qui a besoin d'être informée des dangers, et un nouveau membre déjà aventurier, mais qui a de nouvelles armes à maîtriser. »
La guerrière toise l'équipe, et en particulier les deux démons, avant d'annoncer dans une voix gutturale : « Suivez-moi ! Je vais vous conduire à notre chef Githor. Il vous donnera ses directives vous concernant. »
Le campement des Guerriers-Éléphants est barricadé derrière des palissades, et composé d'un village de tentes de nomades. À certains endroits, on voit des enclos délimités par des cordes. À l'intérieur de ces espaces, on peut voir des Guerriers-Éléphants se battre entre eux ou avec d'autres aventuriers avec des techniques et des armes assez variées, avec toutefois un point commun, c'est du combat au corps à corps. Des arbres sont parsemés dans l'endroit. Bien que cette peuplade se soit sédentarisée depuis de

nombreuses générations, elle a gardé ses habitudes et traditions nomades.

Les quatre aventuriers suivent l'éléphante jusqu'à la plus grande tente. Celle-ci est monumentale. L'intérieur est divisé en plusieurs parties par de grandes tentures. La zone principale dans laquelle ils pénètrent à la suite de la guerrière est occupée par un immense éléphant vêtu lui aussi d'une armure de cuir légère. Githor, car c'est bien lui, lève la tête à l'entrée de la troupe.

- Githor ! Je t'amène Liquis et Caemsha. Ils ont un p'tit nouveaux et Nirta avec eux.

- Je te remercie, Kritmir. Ainsi donc vous êtes revenus dans la Plaine.

- On n'a pas fini la mission, répond l'elfe. On doit y retourner et atteindre la cible.

- Caemsha a raison, rajoute le mage. Mais cette fois, nous serons plus prudents et demanderons le soutien d'un dragon.

- Il vous aura fallu en passer par la perte d'un collègue pour comprendre l'importance des dragons. La voix puissante du chef rappelle aux deux aventuriers combien ils ont été négligents. Ils baissent la tête honteusement. Leur arrogance passée leur a coûté cher. À l'annonce de la perte d'un collègue, les démons regardent leurs équipiers pour comprendre. Mais le moment est mal choisi pour demander des explications.

Le chef se lève et s'approche de Skotinos et Nirta. Les deux démons n'en mènent pas large. La succube le connaît bien, et elle redoute toujours avec qui il va la mettre à l'entraînement. L'éléphant dépasse largement le démon d'une tête, et est trois fois plus large. Un corps tout en muscles, forgé pour le combat. Githor observe longuement la succube. À ses yeux, elle est bien trop fragile pour faire face aux dangers, même ceux de la Plaine et il aime la taquiner avec ça. Il se retourne vers le mage et l'alchimiste en leur demandant pourquoi ils ont choisi de s'encombrer de cette fille. À ces mots, Nirta sort immédiatement sa dague et tente une attaque au cou de Githor. Celui-ci la pare sans difficulté, et éclate d'un grand rire. « Tu ne m'as jamais manqué de respect à un tel niveau », hurle-t-elle. Liquis et Caemsha sont pétrifiés par ce qu'il vient de se passer. Comment a-t-elle osé s'attaquer à un éléphant de cette taille ? C'est Skotinos qui intervient :

- Ne vous fiez pas aux apparences, Boss. Elle est plus redoutable qu'il n'y paraît.

- Je le sais parfaitement. Je voulais voir quelle a été son évolution sur ces derniers mois. Le chef la regarde toujours amusée par sa réaction.

- Donne-moi plutôt quelqu'un qui saura m'apprendre à me servir de ces armes, réplique la succube pleine de colère en montrant la mini-arbalète et le kodachi.

Il rappelle Kritmir, et lui ordonne d'entraîner la démone pour qu'elle apprenne à canaliser ses pulsions. En cas d'attaques de bêtes sauvages, il faut garder la tête froide pour réagir au mieux. L'éléphante récupère la succube pour se diriger vers le fond du camp. Githor revient vers le démon, il semble réfléchir à la meilleure option pour lui. L'apparence de ce dernier est très particulière, et il y a fort à parier qu'il possède quelques pouvoirs spéciaux.

- Et toi ? Comptes-tu te battre contre moi pour me prouver tes capacités ?

- Je ne pense pas en avoir besoin, Boss.

- Tu me plais, petit. Mais j'ai une question avant de te choisir ton entraîneur.
- Je vous écoute.
- As-tu des capacités spéciales ? Les démons qui arborent une apparence aussi particulière que la tienne, sont rarement des plaisantins.
- J'ai un pouvoir électrique, je crée des boules d'énergie explosives, réponds simplement Skotinos en haussant les épaules.
- Et bien, dans ce cas, suis-moi. Je vais te désigner ton adversaire, annonce Githor en sortant de la tente.

À quelques mètres de là, un Guerrier se tient près du forgeron. Il polit une masse d'arme. L'éléphant est de petite taille par rapport au reste de la tribu, mais tout aussi bien taillé pour le combat. À l'approche de son chef, il se retourne pour le saluer. Borgan est un jeune guerrier fougueux à qui on confie souvent les jeunes aventuriers avec des capacités magiques. Githor lui présente son nouvel apprenti avant de repartir avec les deux membres restants de notre équipe.

Revenu à la tente du chef, celui-ci leur fait signe de s'asseoir. Liquis et Caemsha s'exécutent sans discuter. Leur dernière expédition ayant été une catastrophe, ils s'attendent à se prendre un savon avec Githor. Après avoir servi du thé à tout le monde, le chef des Guerriers-Éléphants vient s'asseoir à son tour en face des deux aventuriers. Il leur rappelle l'importance d'assurer leurs arrières, et combien ils ont été imprudents de partir à l'aventure sans passer d'accord avec un dragon. Ici, dans les Terres Sauvages, ce n'est pas une option, c'est une obligation. Caemsha en a assez de se faire tirer les oreilles depuis leur retour, et rappelle que la présence d'un dragon n'aurait rien changé à l'attaque de la vivora. Githor le regarde. Il n'a jamais entendu parler de ces vivoras. Liquis décrit alors brièvement de quoi il s'agit. Il est d'accord sur le fait qu'ils ont toujours été très négligents concernant leur sécurité. La chance les a rendus impétueux, et le rappel à l'ordre particulièrement douloureux. Le chef sourit, ces deux aventuriers seront beaucoup plus prudents à l'avenir, il n'en doute pas. Il leur indique qu'actuellement, il y a un dragon du nom de Cayldroth au nord du camp. Il n'a pas d'engagement en ce moment. Il sera sûrement à leur écoute.

Laissons Liquis et Caemsha aller à la rencontre du dragon, et revenons à Nirta. Installée dans l'un des enclos d'entraînement, la démone fait face à Kritmir. N'ayant jamais manié le kodachi, elle écoute attentivement les instructions de son maître d'armes. Bien que son arme de prédilection soit le corvus, un redoutable marteau de guerre couplé à un pic en forme de croc qui n'est pas sans rappelé le bec des corbeaux, la Guerrière-Éléphante a une excellente connaissance de la plupart des armes blanches qui sortent des mains des forgerons nains. Et même si elle ne les maîtrise pas, elle connaît quelques techniques pour utiliser ces armes. Pendant une exploration, l'important est la survie, se protéger et protéger ses équipiers. Aussi Kritmir se contente d'enseigner le strict minimum à Nirta sur la théorie, avant de passer à la pratique. Elle estime que c'est dans l'action que l'on apprend le mieux. Après une petite heure de discussion, la lumière commence à décliner, car ils sont arrivés en fin de journée, et Lugania dard ses derniers rayons sur la plaine. Les deux femmes rejoignent le reste de l'équipe auprès d'un grand feu de camp.

De son côté, le jeune Borgan interroge Skotinos sur son pouvoir et ses capacités afin d'établir la meilleure stratégie d'entraînement pour ce nouvel aventurier. Le démon explique son pouvoir et fait même une petite démonstration à son entraîneur. Celui-ci est fasciné, et réfléchit à toute vitesse pour mettre un plan d'entraînement en place. Après cette conversation, une sincère sympathie réciproque s'est installée entre eux. Et en début de soirée, ils se dirigent eux aussi vers le grand feu de camp en plaisantant sur les capacités destructrices de Skotinos. Borgan est un jeune guerrier fougueux et très imaginatif. Il a une prédilection pour tout ce qui est explosif, alors je vous laisse imaginer son intérêt pour Skotinos et son pouvoir démoniaque.

Arrivés au nord du camp, Liquis et Caemsha font face à un magnifique dragon couleur sable. Sa musculature puissante est mise en relief par les derniers rayons de soleil. La créature semble dormir, et ne réagit pas à l'approche de ses visiteurs. Il est allongé, les ailes repliées le long de son flanc, la tête posée sur ses pattes avant. Githor s'avance un peu plus que nos aventuriers, et interpelle le dragon :

- Salut à toi, Cayldroth. Pardonne mon audace de venir troubler ton repos.
- Viens-en au fait, Gilthor ! Répond le reptile sans même se donner la peine d'ouvrir un œil. Ce

que vous êtes pompeux dans vos salutations, vous autres Guerriers-Éléphants.

- J'ai avec moi deux aventuriers qui souhaiteraient trouver un accord avec toi avant de partir dans la plaine.

- Et bien, approchez-vous ! Je ne vais pas vous manger ! Lance Cayldroth en tournant la tête vers Liquis et Caemsha.

Tous deux s'exécutent, intimidés par le regard perçant qui se pose sur eux. Pour une fois notre mage n'arrive pas à parler et c'est notre elfe qui vient à son secours. Il explique rapidement au dragon le but de leur mission. Il avoue leur dernière mésaventure, raison pour laquelle ils viennent solliciter son concours.

« C'est toujours la même chose avec les aventuriers. Vous ne prenez conscience de notre importance, que lorsque vous avez perdu un être cher. Je ne vous blâme pas. Vous n'êtes pas les premiers à qui ça arrive, et malheureusement, vous ne serez pas non plus les derniers. Je protégerai vos arrières. Approche, petit elfe. »

Caemsha avance vers le dragon jusqu'à pouvoir le toucher. Cayldroth pose alors sa truffe sur la main gauche de l'elfe qui ressent une vive douleur. Une cloque commence à apparaître à l'endroit de la brûlure. C'est une méthode un peu brutale de sceller un pacte, mais cette marque permet également d'appeler le dragon qui l'a faite, en la touchant avec la volonté de transmettre un message. L'accord étant conclu, le trio salue la créature et s'en va vers le feu de camp pour le repas du soir. Cayldroth, de son côté, replonge dans sa léthargie.

Ils y retrouvent Nirta et Skotinos en pleine discussion avec leur entraîneur respectif. Tous deux semblent ravis. Le démon va de découverte en découverte. Bien loin de l'ennui de Manikéa, l'ancien garde infernal jubile d'excitation devant tant de nouvelles choses à apprendre. En plus, on l'autorise à utiliser toutes ses capacités pour se battre. La succube pose énormément de questions sur l'utilisation du kodachi, et si Kritmir peut lui apprendre aussi à utiliser correctement l'arbalète. Cette dernière interpelle un guerrier qui fait un clin d'œil à la démone pour lui signifier qu'il lui montrera quelques bases. Au cours du repas Caemsha demande conseil à Githor à propos de la brûlure, car la douleur est vive, et il aimerait la soigner correctement sans détruire le lien avec Cayldroth. Le chef rit, il fait signe à une éléphante qui passe à proximité et lui demande de lui apporter un onguent. À peine vient-il de l'appliquer que déjà la douleur s'estompe. Le repas ne s'éternise pas. Ici l'entraînement est militaire, on se couche tôt, on se lève tôt, et on mange sainement.

Aux premiers rayons du jour, les aventuriers sont réveillés en fanfare pour l'entraînement. Pas le temps d'avaler quoi que ce soit, on commence la journée par un tour du camp au pas de course et quelques étirements. Une heure plus tard, on leur accorde enfin un petit-déjeuner composé d'un café et quelques fruits. Liquis et Caemsha ont retrouvé leurs anciens entraîneurs. Ils sont eux aussi à l'exercice comme leurs coéquipiers.

Quelques jours plus tard, nos aventuriers reprennent la route pour leur objectif. Nous sommes dans la dernière semaine de vendémiaire. Dans un mois, c'est le début de la saison des pluies dans la Plaine de l'Illusion. Il leur faudra

normalement un mois pour atteindre leur cible, soit à la fin de brumaire. Si pour le moment le temps est clément, ils pourraient avoir de la pluie une fois sur place, voire même avant d'arriver. La Plaine de l'Illusion est une grande savane qui s'étend des montagnes d'Erthaglir jusqu'à l'autre bout du continent au bord de l'océan. Elle est coincée entre le Désert du Désespoir au nord et la jungle Janaya au sud. La végétation y est composée essentiellement de hautes herbes. Quelques arbres parsèment cet environnement, comme des acacias ou des baobabs. On y trouve quelques collines par-ci par-là. Pendant la saison des pluies, des rivières apparaissent avec le ruissellement des eaux. À part le camp des Guerriers-Éléphants, et le peuple des Hommes-Girafes, aucune autre peuplade n'a été repérée. D'ailleurs, les Hommes-Girafes, qui sont des nomades, n'en ont jamais mentionné aux aventuriers qui les rencontraient. La faune est celle d'une savane africaine, des fauves, des antilopes, etc. La Plaine est une zone assez calme. On y croise quelques animaux, mais rien de vraiment dangereux. Il est vrai que la présence des Hommes-Girafes assure une certaine sécurité. On y trouve de nombreuses sources et quelques marécages. Pour le néophyte, la zone peut paraître hostile. Et les jeunes aventuriers ignorent toutes les ressources qu'elle renferme. Au fil des années, Nirta a sympathisé avec les Hommes-Girafes, et a appris le savoir qu'ils ont bien voulu lui enseigner. Elle a donc une bonne connaissance des produits comestibles qu'on peut trouver dans la zone.
A cette époque de l'année, il y a quelques intempéries, mais ce n'est pas encore la pleine

saison des pluies, et les voyageurs bénéficient de belles journées ensoleillées. Cette fois, Liquis ne veut pas s'approcher de la jungle avant d'avoir atteint la zone de la mission. Les souvenirs de la mort de Gunvarg le hantent encore, et la peur de revoir une de ces créatures lui sert les entrailles. Il a donc proposé d'aller au plus court, et de cheminer en ligne droite depuis le camp des Guerriers-Éléphants. Bien sûr, cela dépendra du terrain, mais c'est l'idée générale. L'elfe est toujours traumatisé par la perte du nain, aussi il refuse de planter la moindre tente et transmute systématiquement un abri pour la nuit. Au matin, il laisse l'abri créé pour qu'il serve sur le chemin du retour.

Grâce à son entraînement, Nirta est maintenant capable de chasser du petit gibier avec son arbalète. C'est un véritable atout pour préserver les rations de nourriture. Elle leur ramène également des plantes comestibles qu'ils ne connaissent pas. Ils découvrent quel atout incroyable est en réalité la succube. Depuis le temps, Liquis et Caemsha ont appris à reconnaître les plantes comestibles, mais pas à un tel niveau, et ils n'ont jamais été très doués pour la chasse. Cet apport en viande dans leurs repas est d'un grand réconfort.

Au fil des jours, Skotinos prend de plus en plus d'assurance à cheval, et se lance même parfois dans un galop effréné pour le plus grand plaisir de ses compagnons qui le suivent dans sa course. Ce que ses camarades ignorent, c'est qu'il ne contrôle pas son cheval dans ces cas-là et peine à l'arrêter. Cette longue route permet également à chacun de découvrir les autres, et d'apprendre à les apprécier. Une belle amitié naît peu à peu entre les quatre aventuriers, même si Nirta a tendance à mettre le feu aux poudres en draguant aussi bien l'alchimiste que le mage. Elle ne perd pas son temps avec Skotinos, car elle a eu assez de refus avec lui par le passé. Mais au final, tout le monde s'en amuse. Toutefois la succube restera bredouille de ses avances. Elle a bien compris que c'est peine perdue avec Caemsha, mais ne lâche pas l'affaire avec Liquis qui en rigole, voire en joue selon ses humeurs.

Au cours du voyage, ils croisent la route d'un groupe d'Hommes-Girafes. Buste d'homme sur corps de girafe, ils se déplacent en petits groupes de quelques individus. Armés d'arc et de lance, ils assurent une certaine tranquillité, car les fauves n'attaquent jamais en leur présence. En discutant avec eux de leur objectif, Liquis apprend que personne n'aime aller dans ce secteur. Un peu comme si une malédiction pesait sur les lieux. Cela remonte à plusieurs générations, et depuis on ne se pose pas de question, on évite simplement la zone, sans chercher à connaitre la raison. Caemsha en profite pour leur demander s'il existe d'autres peuplades nomades ou sédentaires dans la Plaine. Mais la réponse est négative, ils n'ont jamais rencontré d'autres groupes assez évolués pour communiquer avec eux. Les suricates vivent en groupes mais leur mode de vie reste celui des animaux. Idem pour les lions. Les aventuriers partagent un repas avec eux avant de reprendre leur route, avec cette fois la certitude qu'aucune civilisation actuelle ne peut être à l'origine du site, s'il n'est pas naturel. Pendant cette pause, Nirta discute beaucoup avec Calothéa, la cheffe des Hommes-Girafes. Elles parlent botanique, puis météo. Le savoir et la complicité de ces deux femmes impressionnent les aventuriers qui découvrent une nouvelle facette de leur camarade. Décidément, la démone est pleine de surprises sous ses dehors de bimbo.

Les jours s'écoulent doucement, jusqu'à leur arrivée dans la zone indiquée bien des mois auparavant par le Pr Parak. Le paysage y est plus découpé. Une sensation étrange émane de ce lieu. Est-ce la présence de la jungle Janaya à proximité ?

Chapitre 6

SURPRENANTE DÉCOUVERTE
ET MAUVAISE RENCONTRE

La zone repérée sur les photos satellites par le Pr Parak est une colline entourée d'un monticule de terre pas très élevé. Son sommet possède une couronne de pierres assez intrigante, ce n'est pas quelque chose d'habituel par ici. En cette fin de journée, le soleil se couchant derrière la colline lui donne des allures sinistres. La jungle Janaya fait une avancée jusqu'au pied du monticule au sud. Pour limiter les risques avec la faune locale, Caemsha décide de faire l'abri au nord du site. Il est inutile de commencer une exploration à cette heure tardive, ils n'y verraient rien. L'alchimiste transmute un abri un peu plus spacieux que les précédents, puisqu'ils doivent rester quelque temps sur place pour explorer la zone, autant avoir un minimum de confort. L'alchimie ne permet pas tout, mais quand on a les bons éléments, ça vous facilite la vie. Il trace donc un grand cercle au sol, et y inscrit les symboles nécessaires au rituel. La science de l'elfe fait rapidement son œuvre, et un joli petit logement sort de terre en quelques minutes. Skotinos et Nirta ont pris l'habitude de voir Caemsha travailler, mais ils sont loin de connaître l'étendue des capacités de ce dernier. Si les précédents abris étaient composés d'une pièce unique, celui-ci est composé de quatre alcôves pour dormir sur un côté. En face, un coin cuisine avec un poêle fusée sur lequel on peut préparer les repas. Derrière cet espace, il y a une pièce fermée par une porte, c'est une petite salle d'eau, un luxe que l'on peut se permettre quand on est accompagné d'un aquamage pour remplir la réserve. Le tout ne mesure pas plus de quelques dizaines de mètres carrés. Mais après ces longues semaines sur la route, nos voyageurs apprécient ce confort. Bien sûr, Caemsha n'a pas oublié les chevaux qui ont droit à leur propre écurie à proximité du nouveau logis. Les pluies arrivant, et la proximité de Janaya, l'alchimiste a préféré les mettre à l'abri. Pendant que Skotinos va chercher du bois, Liquis remplit le réservoir d'eau sur le côté de la bâtisse. Nirta est repartie sur la route par laquelle ils sont arrivés, en chasse de gibiers pour le repas du soir. Le temps est à la pluie, et elle peine à débusquer une proie. Elle finit par revenir avec quelques lièvres. Quand elle pénètre dans le logis, elle est accueillie par une agréable chaleur que dégage le poêle. Dehors la pluie commence à tombée. Chacun espère que ça ne durera pas, car ça compliquerait l'exploration et l'examen du site. Mais ils savent aussi que la saison des pluies est toute proche et peut arriver rapidement. Assis en tailleur sur un tapis en roseau, ils mangent leur repas en discutant du programme du lendemain.

- As-tu remarqué les tas de pierre autour de la colline ? Demande Liquis en se tournant vers Caemsha.

- J'ai pas vraiment fait attention. On avait le soleil en face. J'ai surtout remarqué l'allure glauque des lieux, répond l'elfe en avalant son ragoût.

- C'est vrai qu'il y a quelque chose d'étrange avec cet endroit, rajoute Nirta. J'ai été obligée de m'éloigner beaucoup plus que d'habitude pour trouver des animaux. Comme si rien ne vivait à proximité.

- Je n'ai rien remarqué de spécial, s'étonne Skotinos. Au contraire, je trouve que c'est très calme et reposant.

- On n'a vraiment pas la même vision du monde, Skot ! Réplique Caemsha.

Tous partent alors d'un grand rire. La journée a été longue. Chacun rejoint son alcôve pour se coucher, bercés par le crépitement du feu et le clapotis de l'eau sur le toit.

Le lendemain matin, le ciel est complètement dégagé, et les rayons de Lugania viennent sécher la terre détrempée. Lorsque nos aventuriers se lèvent, la colline se révèle sous un nouveau jour. Dans la clarté de ce début de matinée, nos aventuriers observent plus attentivement le site. Alors qu'ils s'avancent vers le sommet en dépassant le monticule, ils s'aperçoivent que celui-ci est composé en grande partie de pierres. Après un rapide examen, ils poursuivent leur ascension. Arrivés en haut, Liquis et Caemsha s'étonnent de la superficie du lieu. Un cercle de pierres entoure un vaste espace. En y regardant de plus près, ils constatent qu'à la base de cette espèce de mur, les pierres sont agencées comme pour former une muraille. Nos aventuriers ont du mal à comprendre comment une construction pourrait être présente ici, alors que la seule peuplade connue des environs est celle des Hommes-Girafes. Ça n'a aucun sens. Pendant ce temps, les deux démons s'avancent dans cet espace clos, et admirent la vue dégagée que l'on a du paysage. Quelques dizaines de mètres en contrebas, ils observent leur logement. Se retournant, ils voient leurs compagnons accroupis devant un petit talus. Ils s'en rapprochent, et les découvrent en train de creuser la terre à côté du tas de pierres.

- A quoi vous jouer tous les deux ? Interroge Nirta intriguée par leur comportement.

- Ce site est bizarre. Il ne devrait pas exister, répond Caemsha sans lever les yeux de son trou.

- Et en quoi est-il si étrange ? Il ne s'agit que d'un tas de terre et de quelques cailloux, intervient Skotinos.

- Justement non, Skot, s'interpose Liquis. Il semble que ces cailloux, comme tu dis, ne sont pas arrivés là de façon naturelle. Ils ont été placés de sort à former un mur ou une enceinte. Ce qui n'est pas possible, puisqu'il n'y a aucune civilisation qui est vécue sur ces terres.

- Et vous comptez creuser tout le site à la main ? Se moque Nirta.

L'elfe et l'humain relèvent la tête en même temps pour se regarder, puis se tournent vers la démone avec un sourire gêné. Il est vrai que leur action est un peu idiote. Ils se remettent debout, et s'époussettent pour retirer la terre de leurs vêtements, geste totalement inutile puisse que la terre humide reste coller. Ils passent le reste de la matinée à faire le tour de l'enceinte. Le mage et l'alchimiste s'arrêtant par endroits pour faire des observations et des photos. Leurs deux acolytes restent en retrait, préférant profiter de la beauté des lieux. C'est la première fois qu'ils voient de leurs yeux la jungle Janaya. Nirta n'avait jamais eu l'occasion de venir de ce côté de la Plaine de l'Illusion. Habituellement elle accompagnait des groupes dans le Désert du Désespoir, jusqu'au village des Apodems. Puis, l'heure de midi approchant, ils redescendent vers leur campement pour déjeuner et décider de la suite de la marche à suivre.

« Vous avez vu que les pierres en bas de la colline en font tout le tour ? Demande Nirta aux deux archéologues improvisés. On le voit bien quand on est en haut. » Ses collègues la regardent interloquée. Le nez à fouiller la terre, ils n'ont pas pris la peine d'avoir une vue d'ensemble du site. Finalement c'est très avantageux d'avoir de nouvelles recrues avec eux. Ils apportent un regard neuf sur l'expédition.

L'après-midi, Caemsha et Liquis décident de remonter au sommet afin de prendre des notes sur un cahier de tout ce qu'ils peuvent observer. Cette fois, ils prennent le temps de regarder autour d'eux. Le mage fait quelques croquis. Ils en profiteront ensuite pour choisir une zone qu'ils commenceront à creuser pour essayer de mieux comprendre le site, si le temps le permet.

Pendant ce temps, Nirta a préféré retourner dans la Plaine pour chasser. Skotinos l'accompagne. Ils en profiteront pour ramasser des hautes herbes pour rembourrer les paillasses qui sont très spartiates pour le moment. Ils partent à pied car ils ne veulent pas trop s'éloigner du bivouac de peur de se perdre. Ils progressent donc lentement en prenant garde de ne pas perdre de vue la colline qui leur sert de point de repère. En milieu d'après-midi, ils remarquent l'arrivée de nuages, et décident de retourner vers leurs compagnons. Lorsque les anciens gardes infernaux arrivent à proximité de l'abri, ils aperçoivent Caemsha qui redescend la colline en courant, suivi par Liquis qui prend tout son temps. L'elfe avait juste envie de se dégourdir un peu les jambes. Mais arrivé à quelques mètres du bas de la colline, il glisse sur le sentier, et finit sa course dans une grande glissade sur l'herbe mouillée. L'action est si drôle que tout le monde éclate de rire. Le soir venu, Nirta soigne les coupures que l'alchimiste s'est faites dans sa chute, aidée par le mage qui lui apprend au passage l'utilisation de certaines plantes médicinales. C'est un savoir qu'il a appris des druides de Sylralei, Nirta en élève consciencieuse écoute l'enseignement prodiguer. Elle a une soif de connaissance incroyable.

Pendant les jours qui suivent, une certaine routine s'installe entre nos aventuriers. Pendant que les démons partent à la recherche de nourriture, les deux autres continuent l'étude du site. Caemsha utilise l'alchimie pour excaver une petite zone à l'intérieur de l'enceinte près du mur. En fouillant la terre excavée, ils découvrent des bijoux, de petites poteries. Ils comprennent alors qu'ils n'ont pas les compétences pour analyser le site. Ils ont besoin de scientifiques, d'archéologues. Ils notent avec soin chaque découverte pour ne rien laisser au hasard.

Cela fait presque une semaine qu'ils sont sur les lieux. Les nuages sont de plus en plus nombreux au-dessus d'eux, et les précipitations deviennent plus régulières. La saison des pluies commence. Alors que Caemsha creuse un peu plus la zone, Il entend un cri retentir derrière lui. « Arrête tout ! » Il se retourne et voit Liquis le teint livide. En fouillant la terre, il a trouvé un os. Ses maigres connaissances en anatomie ne lui permettent pas de déterminer de quelle espèce il s'agit. Par contre il sait que s'ils continuent à creuser ils risquent d'abîmer des preuves scientifiques, et il redoute la colère des spécialistes.

Dans le même temps, Nirta et Skotinos ont

entrepris de faire le tour de l'enceinte du bas par l'extérieur. Quand le cri de Liquis leur parvient, ils sont juste à la lisière de Janaya, au sud du site. Alors que les démons se tournent vers le sommet de la colline, un mouvement se fait dans leur dos. Leurs sens en alerte, tous deux ont senti un danger. Doucement, ils orientent leur regard vers les arbres. Ils tentent de détecter la présence d'un animal. Soudain, deux grands yeux rouge rubis aux pupilles en ellipse scintillent dans la pénombre de la jungle. Un sifflement leur parvient à l'instant où l'animal surgit hors du couvert des arbres pour se jeter sur eux. Nos aventuriers ont tout juste le temps de faire un bond de côté pour échapper à l'attaque. Face à eux, un gigantesque serpent ailé bleu pâle hume l'air de sa langue fourchue. Il s'agit d'un apèpe. Son venin est mortel. L'animal peut atteindre les 17m. Celui-ci doit déjà faire 8m de long. Nirta vise l'animal avec son arbalète, mais les carreaux rebondissent sur les écailles. Profitant du fait que l'apèpe se concentre sur la succube, Skotinos génère une boule d'énergie pour la lancer sur le corps de l'animal. Mais celle-ci n'a pas plus d'effet que les carreaux d'arbalète. Le serpent charge la démone, celle-ci fait preuve d'une grande agilité en sautant hors de sa portée. Elle dégaine son kodachi, prête à contre-attaquer. Elle tente de gagner du temps, pour que son coéquipier puisse générer une nouvelle sphère électrique. Est-ce que l'animal aura compris la stratégie ? Toujours est-il, qu'il fond sur le démon. La gueule grande ouverte. Les crocs sortis. Prêt à injecter son venin dans le corps de sa proie. Skotinos lance son sort alors que l'apèpe n'est plus qu'à quelques centimètres de lui. S'il lui fait exploser la tête, il n'est pas victorieux pour autant. En effet, le serpent a réussi à érafler le bras du démon. Il ressent alors une vive douleur, et il se met à transpirer abondamment. Nirta se précipite pour lui venir en aide. Que faire ? Elle hurle les noms de ses collègues restés en haut de la colline, et qui n'ont rien vu de ce qu'il vient de se produire. L'attaque n'a pas durée plus de deux minutes, et ils étaient en pleine discussion sur ce qu'il convenait de faire. Alertés par l'appel de Nirta, ils découvrent en contre-bas les restes de l'apèpe, et Skotinos à terre dans les bras de sa collègue. Caemsha dégringole la pente suivi de prêt par Liquis. Le venin a commencé à faire son action. Le démon est pris de vomissements. Nirta est paniquée.

- Skotinos ! Le serpent ! Tout s'est passé si vite ! Se lamente-␣elle.
- Essaie de te calmer, ordonne l'elfe. Je vais appeler Cayldroth. Le temps qu'il arrive, on va d'abord nettoyer la plaie et la penser. Cours me chercher une couverture.
- On devrait essayer d'éloigner Skotinos de la jungle, suggère Liquis qui redoute une nouvelle attaque. Je vais t'aider à le porter.

Caemsha acquiesce d'un signe de tête. Avant de se relever il pose sa main droite sur la marque du dragon sur l'autre main, comme il lui a été enseigné, et envoie un message d'urgence à Cayldroth. Puis ensemble, ils soulèvent le démon et contournent le site par l'ouest pour rejoindre le campement. L'elfe se rend compte à présent combien ils ont été chanceux toutes ces années, sans l'appui des dragons. Pendant qu'ils rapprochent Skotinos du camp, Nirta est partie en courant pour récupérer tout ce qu'il faut. En arrivant, elle décide de faire bouillir des herbes pour préparer un cataplasme. Elle cherche les bandages et attrape la couverture sur le lit du démon. Alors qu'elle sort de l'abri avec le cataplasme, elle se retrouve nez à nez avec Cayldroth. La surprise lui fait lâcher son bol qui vient se fracasser au sol.

- Nooon ! J'ai pas le temps de refaire un onguent, se lamente la démone, les larmes aux yeux.

- C'est inutile. La personne qui va l'accompagner devra relever la progression du venin, répond le dragon. Prends d'autres couvertures, celle-ci ne sera pas suffisante.

Le calme rassurant du dragon agit instantanément sur la démone qui exécute les conseils sans réfléchir.

Chapitre 7

UN RETOUR PRÉCIPITÉ

Quand Liquis et Caemsha arrivent en vue de l'abri, le dragon discute avec Nirta. Celle-ci est toujours choquée par ce qu'elle vient de vivre. Malgré ses années d'expérience dans la garde infernale de Manikéa, puis en tant qu'aventurière, c'est la première fois qu'elle a eu peur pour sa vie. La première fois aussi où elle redoute de perdre un ami.

- Posez votre ami devant moi, dicte Cayldroth. Nirta, as-tu un marqueur ?

- Heu ? Oui.

- Entoure la plaie et note l'heure à côté. C'est une donnée indispensable pour les médecins. C'est une course contre la montre qui vient de commencer, indique le dragon.

- A Tamagoska, Tev, le gérant de l'auberge de La Petite Fille au Bouclier, est un ange. Avec son pouvoir, il pourra amener directement Skotinos à Biva, rappelle l'elfe.

- C'est bien, cela nous fera gagner plusieurs heures. Mais le vol sera quand même long jusque là-bas. L'un d'entre vous devra l'accompagner pour relever la progression de l'œdème et veiller à ce qu'il reste tranquille.

- C'est moi qui veillerai sur lui, lance Nirta sans la moindre hésitation.

- Parfait. Alors monte. Nous partons immédiatement.

A peine, les deux démons sont installés sur le dos du dragon, qu'il décolle et prend la direction de l'est. Le vol est long, et à cette altitude on a vite fait de se refroidir. Munie de plusieurs couvertures, Nirta réchauffe autant qu'elle le peut son collègue. Cayldroth lui indique à intervalles réguliers quand relever la progression de l'œdème. Elle est très angoissée, car le dragon a dit que l'anti-venin n'était plus efficace 24h après la morsure. Arriveront-ils à temps pour pouvoir faire l'injection salvatrice ? Tev comprendra-t-il l'urgence de la situation, sans trop poser de question ?

Après des heures de voyage, Skotinos et Nirta arrivent enfin à Tamagoska. Le dragon se pose au plus près de l'auberge de la Petite Fille au Bouclier. La démone se précipite à l'intérieur pour trouver Tev. Le temps presse et le démon est au plus mal.
Comme à son habitude, l'auberge est animée. Tout le monde se retourne en entendant la porte s'ouvrir violemment, et un silence étonné accueille la succube. Nirta se jette littéralement sur l'ange :

- Tev ! C'est grave ! Skotinos a été mordu par un apèpe ! Lui hurle-t-elle.
- Où est-il ? Demande l'ange sobrement.
- Dehors avec Cayldroth !

L'ange court voir le démon, suivi de près par Nirta et Fir qui est présent dans la salle.

- Cayldroth, quand a-t-il été mordu ?
- Il y a 19h. Il est robuste mais le temps joue contre lui.
- Son bras n'est pas beau à voir. Bon, j'l'emmène à Biva. Fir ! Occupe-toi d'la p'tite. J'viendrai la chercher après, ordonne l'ancien garde.

- Mais bien sûr, répond l'elfe en passant son bras autour des épaules de la démone, dans un geste bienveillant.

Cette dernière tremble de peur, l'inquiétude la ronge. Voir son ami dans cet état lui rappelle bien cruellement qu'ils ne sont pas invincibles. Alors que le mage la ramène doucement à l'intérieur de l'auberge, elle se blottit contre son torse et fond en larmes. Les aventuriers présents dans l'établissement sont compatissants, ils ont tous eu affaire à un apèpe au moins une fois dans leur carrière. Sinlocath, le cuisinier de l'auberge, qui vient d'être informé des événements, conseille à son collègue d'emmener la demoiselle dans une chambre pour qu'elle se repose.

- Je vais lui préparer une tisane pour calmer les nerfs et un plateau-repas, annonce le mayi en retournant vers sa cuisine.

- Parfait, je le lui apporterai et resterai auprès d'elle, jusqu'à ce que Tev revienne.

- Ok... et ne profite pas de la situation ! Lance Sinlocath en jetant un dernier regard vers la démone en pleur. Fir le regarde étonné, l'air presque innocent.

Nirta est dans une demi-transe, submergée par le chagrin et la peur de perdre Skotinos. Elle se sent tellement coupable de ne pas avoir pu intervenir pour ralentir la progression de l'animal vers son ami. Elle se laisse entraîner vers l'étage. Arrivés dans la chambre, le mage la force à se coucher pour qu'elle dorme un peu. Épuisée par la tension, les larmes et un long vol sur le dos d'un dragon, elle finit par sombrer dans un sommeil agité. Elle cauchemarde, revit encore et encore le moment où le serpent a foncé sur Skotinos. Elle se réveille en sursaut. Fir est à côté d'elle, assit

dans un fauteuil, en train de lire un livre. Dehors le jour touche à sa fin. Il lève les yeux et sourit à la succube.
- Comment te sens-tu ? Demande-t-il.
- Mal. J'ai dormi longtemps ?
- Quelques heures. Sinlocath t'a préparé un plateau. Essaie de manger un peu. Je vais te chercher la tisane qu'il te tient au chaud, dit-il en se levant.
- Merci.
La démone se lève péniblement du lit pour se diriger vers la table où se trouvent quelques sandwichs et des fruits. Elle s'assied et avale difficilement l'encas, des larmes coulent le long de ses joues. Jamais auparavant elle n'avait ressenti un tel chagrin. Son amitié ancienne avec Skotinos montre que les démons aussi sont doués d'amour. Il est comme un frère pour elle. La succube se demande si elle serait dans le même état si ça avait été le mage ou l'alchimiste. Alors qu'elle est en pleine réflexion, quelques instants plus tard, Fir revient avec une théière dont une douce odeur de plantes et d'épices se dégage embaumant l'air de la pièce, Tev l'accompagne. En le voyant, Nirta stoppe ses pensées, se lève et lui demande aussitôt des nouvelles.
- Les médecins ont pu administrer l'anti-venin à temps. Maintenant ils attendent que ça fasse effet. Ton ami va rester en observation pendant pas mal de temps, répond l'ange.
- Amène-moi jusqu'à lui, s'il te plaît ! Supplie la succube.
- Il est tard. Ça t'servirait à rien. À c't heure ci, y aura personne pour t'informer. La nuit, ils sont en effectif réduit dans les hôpitaux.

- Mais je ne peux pas le laisser tout seul. Je veux être à ses côtés. Skotinos peut avoir besoin de moi.

- Pour l'instant, ton ami a besoin de repos et de la surveillance des médecins, intervient Fir.

Voyant l'état de la succube, les deux aubergistes hésitent sur la marche à suivre. C'est Tev qui trouve la solution :

- Écoute ! L'plus simple, c'est qu'tu restes ici pour la nuit. Et p'is d'main matin, j't'amènerai à l'hôpital.

- Sinon tu peux prendre le train pour rejoindre Biva, et passer une nuit d'angoisse seule sur le trajet. Car la route est longue jusque là-bas, renchérit l'elfe.

- Je n'ai pas vraiment le choix, c'est ça ? Demande Nirta avec des sanglots dans la gorges.

- C'pour ton bien qu'on fait ça, ma p'tite, explique Tev.

- On va te laisser pour que tu te reposes.

- Non, supplie Nirta en attrapant Fir par le bras. Reste avec moi, s'il te plaît. Je ne veux pas rester toute seule. J'ai besoin de parler, de raconter tout ce qu'il s'est passé.

- Et bien, soit. Je suis à ton service, ma Belle, répond calmement l'elfe en lui souriant.

Le mage reprend alors sa place dans le fauteuil, se sert une tasse de tisane, et attend que la demoiselle se lance dans son récit. Tev retourne à son rôle d'aubergiste, il ressort en refermant doucement la porte derrière lui. Il sait que Fir saura calmer la demoiselle bien mieux que lui. Et puis il a bien remarqué qu'une certaine alchimie s'est installée entre eux.

Pendant ce temps, Liquis et Cemsha ont replié le

camp, et pris la route du retour. Grâce aux cabanes disséminées le long du trajet allé, et sans la présence d'un novice en équitation, leur rythme retour est beaucoup plus soutenu. Toutefois il leur faudra plusieurs semaines pour rejoindre Tamagoska. Même s'ils ont fait preuve de sang-froid devant Nirta, tous deux sont meurtris par l'angoisse. Est-ce que le démon survivra au venin ? Le spectre de la Mort est dans leur tête, et l'image de Gunvarg les hante plus que jamais. C'est dans un silence pesant que se déroulent leurs journées. Pourraient-ils se relever de la perte d'un autre collègue en si peu de temps et pour une même mission ? N'ayant aucun moyen de communication, ils ignorent tout de la progression de l'état de Skotinos. Leur dernière information est celle que Cayldroth leur a donnée à son retour, leur signalant que le démon avait bien été pris en charge par les médecins de Biva. Ils espèrent que lorsqu'ils arriveront à leur tour auprès de leur collègue celui-ci sera sur pied prêt à repartir.

Quand Tev est arrivé dans le hall de l'hôpital à Biva, il a transporté immédiatement Skotinos à l'accueil et leur a résumé la situation. Aux mots de morsure et apèpe, la secrétaire a fait aussitôt venir un médecin et un brancard. Le docteur, prévenu de la raison de l'appel, est arrivé avec une transfusion. Aidés de l'infirmier, ils ont placé le démon sur le brancard et ont mis en place la transfusion de l'anti-venin. Le bras a déjà doublé de volume et des bulles noires ont commencé à apparaître autour de la plaie. Ils interrogent l'ange pour avoir plus d'informations. Malheureusement, Tev ne peut que leur dire à quand remonte la morsure. Skotinos est au plus mal. Il a perdu connaissance et semble avoir des difficultés à respirer. Dès que les infirmiers l'ont installé dans une chambre, un prélèvement de sang est effectué pour un examen complet de son état biologique. Par chance, le démon est en bonne santé. Il est assez grand et bien bâti. Tous ces ingrédients mis ensemble, il devrait être rapidement sur pied. Mais une surveillance médicale d'un mois est nécessaire, en cas de déclenchement de maladie sérique, cette réaction pouvant se produire jusqu'à vingt et un jours après l'injection de l'anti-venin.

Le lendemain de l'hospitalisation de Skotinos, Tev dépose Nirta devant l'établissement de santé. Elle remercie le tenancier pour tout ce qu'il a fait, avant qu'il ne reparte. La téléportation est une sensation étrange, et la démone prend un instant avant d'entrer dans l'hôpital, car elle a la tête qui tourne un peu. Elle se dirige vers l'accueil, pour s'informer sur Skotinos. Elle explique qui elle est pour lui, et qu'elle était présente au moment de l'attaque de l'apèpe. On la fait patienter dans une salle d'attente. Quelques instants plus tard, un médecin vient la chercher. Il la conduit dans son bureau. C'est lui qui est en charge du cas de Skotinos. Il rassure la démone sur l'état de son collègue. Pour l'instant, il semble bien réagir au traitement. Il a repris connaissance, mais pour le moment, les effets du venin sont au maximum. Il a de la fièvre et encore quelques vomissements. L'œdème n'a pas encore commencé à diminuer. Quant aux bulles hémorragiques, les infirmiers n'ont pas relevé de nouvelles apparitions. Normalement dans un jour ou deux, ces effets

devraient diminuer. Les analyses du jour sont plutôt bonnes.
Une fois son exposé terminé, le médecin commence à interroger Nirta sur les circonstances de l'accident. Il lui demande également quels ont été les premiers soins apportés à la victime. La démone répond du mieux qu'elle peut. Son angoisse s'est un peu calmée en entendant le rapport du docteur. À la fin de l'entretien, elle demande si elle peut voir son ami. Le médecin lui explique que le patient a besoin de beaucoup de repos. Mais elle insiste pour le voir au moins une minute. Il le lui accorde et la conduit jusqu'à la chambre de Skotinos. Celui-ci est allongé sur le lit et dort. Il ouvre un œil en entendant la porte s'ouvrir. En voyant sa collègue, son visage s'illumine malgré la pâleur qu'il affiche, il lui lance un faible :

- Salut, toi !
- Je vous laisse deux minutes, pas plus, annonce le médecin sur un ton autoritaire.
- Merci, Docteur ! J'étais folle d'inquiétude, répond Nirta en s'avançant vers le lit.
- Ce n'était pas la peine. Il m'en faut plus pour me terrasser.
- Tu es bête, fait son amie en essuyant ses yeux mouillés de larmes. Je reviendrai tous les jours pour voir comment tu vas.
- Si ça te fait plaisir. Promis, je ne bouge pas, ricane le démon.

Ils continuent leur échange sur le même ton, jusqu'au retour du médecin qui leur annonce la fin de la visite. La succube salue son collègue avant de quitter la chambre. Une fois de retour à l'accueil, elle demande où elle peut loger pendant la convalescence de Skotinos. On lui indique un petit hôtel à proximité où elle pourra séjourner. En sortant de l'hôpital, Nirta se dirige vers l'hôtel qu'on lui a indiqué. En descendant la rue en ligne droite, elle se retrouve face à la mer. Étrangement cette vision lui fait un bien fou, et elle respire à pleins poumons l'air iodé. La succube entre dans le petit établissement pour demander une chambre. Les tarifs pratiqués ne sont pas donnés, et elle négocie un petit travail pour payer la facture, car elle ignore combien de temps elle devra rester. La tenancière étant habituée à ce genre de situation, propose à Nirta de nettoyer les chambres et la salle de restaurant en compensation. C'est la première fois que la démone se retrouve à Biva. Elle découvre avec émerveillement la cité des sciences dans toute sa splendeur.

Les jours passent, puis les semaines, l'état de santé du démon s'améliore. Petit à petit, il est autorisé à faire quelques sorties. Il en profite alors pour aller se balader en ville avec Nirta, dès que son amie peut se libérer de ses tâches quotidiennes. Sinon, il va directement la voir à l'hôtel et la nargue. Mais la succube ne manque pas de lui rappeler que c'est pour ses beaux yeux qu'elle en est là, alors un peu de respect. Biva est une cité très étonnante pour eux qui n'y sont jamais venus. Ils découvrent les promenades en hauteur dans la canopée. Le bord de mer ici est différent de Manikéa. Dans leur ville natale, les plages sont couvertes d'un sable fin blanc, ici ce sont des passerelles en bois vernis qui s'avancent sur la mer comme des promontoires. Ils découvrent également un tube de verre géant qui s'enfonce dans l'océan. On leur explique que c'est pour observer la faune et la flore sous-marine sans la déranger. Au bout d'un mois, ils reçoivent des nouvelles de leurs collègues qui sont enfin arrivés à Tamagoska. Ils les rejoindront dès le lendemain par le premier train. En apprenant les bonnes nouvelles sur l'état de Skotinos, Liquis et Caemsha passent leur soirée à fêter son rétablissement. Le lendemain, c'est avec un bon mal de crâne qu'ils prennent le train pour Biva. Heureusement pour eux, ils ont plus de seize heures de train pour se remettre de leurs festivités de la veille. Et c'est avec une joie immense que tous se retrouvent sur le quai de la gare de la cité des arts. En arrivant à la gare de Biva, Liquis et Caemsha sont accueillis par Nirta et Skotinos. En apercevant ce dernier, l'elfe se jette littéralement à son cou, en criant combien il est désolé de l'avoir mis en danger. Le démon, surpris par cette étreinte soudaine, rosit, et bafouille que ce n'était rien, qu'il va bien maintenant. Leurs compagnons les regardent en plaisante. C'est la première fois que Caemsha montre un sentiment d'attachement pour quelqu'un d'autre que son acolyte de toujours.

Chapitre 8

A DÉCOUVERTE INÉDITE, MOYENS INÉDITS

À présent que l'équipe est à nouveau au complet, et qu'ils ont fêté dignement le rétablissement de Skotinos, Liquis retourne voir le Pr Parak pour lui faire son rapport. Cela fait huit mois maintenant qu'ils ont été commandités pour cette mission. Quand le mage entre dans le bureau, comme à son habitude, le professeur a les yeux rivés sur une série de photos étalées sur son bureau. Elle lève à peine la tête quand il ouvre la porte.

- Alors ? Qu'avez-vous trouvé sur le site ? Est-ce intéressant ? Demande la scientifique.
- Bien plus intéressant que vous ne pourriez l'imaginer, Professeur, répond Liquis avec un grand sourire.
- Vraiment ? S'exclame son interlocutrice en relevant la tête.
- Du peu que nous avons pu repérer en arrivant sur les lieux, le site semble être une colline entourée des restes d'un mur d'enceinte. Au sommet, nous avons trouvé d'autres restes de murs.
- C'est magnifique ! S'écrit-elle montrant un enthousiasme que le mage ne lui connaissait pas.
- Nous avons creusé un peu à un endroit près d'un mur, et nous avons découvert des ossements et des tessons de poterie. Serait-il possible de les analyser pour en connaître l'origine ?
- Bien sûr ! Oui ! C'est formidable. Vous rendez-vous compte ? Une civilisation disparue dans les Terres Sauvages ! C'est du jamais vu !

Le Pr Parak est dans un état de surexcitation totale. C'est la première fois qu'une telle découverte est faite dans les Terres Sauvages. Elle doit prévenir des spécialistes : un anthropologue pour ces ossements, il faut savoir à quelle espèce animale ils appartiennent et les dater. Sont-ils rattachés directement au site, ou sont-ils d'une époque plus récente ? Il faudra trouver un archéologue pour mener des fouilles approfondies. Liquis observe le professeur, assez amusé de la découvrir sous un nouveau jour. Elle a l'air d'une petite fille ouvrant ses cadeaux sous le sapin de Noël. Elle a complètement oublié la présence du mage et réfléchi à voix haute. Elle commence à parler du matériel qu'il faudra, du nombre de personnes, de la durée des fouilles. C'est une campagne d'envergure. Liquis prend alors conscience que le professeur ne prend pas en compte un détail qui a son importance.

- Pardonnez-moi, Professeur. Mais vous comptez amener le matériel et le personnel de quelle manière sur le site ?

- Eh bien je n'y ai pas encore réfléchi. C'est un détail sans importance, voyons.

- Pas vraiment ! Dans les Terres Sauvages, il n'y a pas le confort des transports de Blaicia. Tout se fait à cheval. Je ne suis pas certain que toutes les écuries de Tamagoska réunies aient suffisamment de chevaux pour votre expédition. Comprenez bien qu'il nous a fallu un mois pour parvenir jusqu'au site. Même si nous empruntions des chariots, ça ne diminuerait pas la durée du voyage.

- Ah ! Je ne pensais pas à ça. Effectivement, cela risque de compliquer les choses. Je dois y réfléchir alors, finit par répondre le Pr Parak un peu contrariée.

- Je vais en discuter avec mon équipe. Peut-être que l'un d'entre eux aura une idée ?
- Tout aide sera la bienvenue, Liquis. Je ne vous retiens pas davantage. Il y a tant de choses à penser. C'est une découverte majeure !

Le mage se lève et prend congé en sortant. Avant de quitter les lieux, il remet à la secrétaire les prélèvements du site, ainsi qu'une copie de toutes les notes prises. Celle-ci s'empresse de préparer un carton bien repéré et identifié afin de ne perdre aucun élément. Notre homme lui a bien expliqué l'origine de ces échantillons. L'archéologue qui sera désigné voudra sûrement les analyser.

Une fois dehors, Liquis rejoint ses amis qui se baladent sur le bord de mer. Skotinos est en pleine forme. Il n'a eu aucun signe de l'apparition d'une maladie sérique à la suite de l'injection de l'anti-venin. Et il a déjà commencé à harceler ses recruteurs pour repartir à l'aventure. Le mage et l'alchimiste sont ravis de le voir aussi motivé, ils craignaient un refus de poursuivre l'aventure. Mais il n'en est rien, bien au contraire. Mieux encore, Nirta souhaite également continuer à travailler avec eux. Cet événement les a rapprochés et créé un véritable attachement les uns envers les autres. Plus que des collègues, plus que des amis, ils sont leur famille.

En ce début d'hiver, pendant le mois de kerzu, les températures peuvent être glaciales. Le quatuor décide d'aller se réchauffer dans un café en buvant un chocolat chaud. Dans les Terres Sauvages, c'est la pleine saison des pluies. Ils n'y retourneront pas avant plusieurs mois. Liquis raconte son petit entretien avec le Pr Parak. Il leur explique ensuite le problème de transport que va rencontrer l'expédition. En effet, par rapport aux données recueillies, la scientifique a parlé d'au moins une dizaine de personnes pour les fouilles, plus du matériel, une campagne qui pourrait durer plusieurs mois. Les chevaux ne pourront jamais supporter une telle charge. Et leurs propriétaires refuseront de les voir s'abîmer à la tâche. Il faut trouver une autre solution pour le transport. Caemsha secoue la tête, en expliquant qu'ils ont accompli leur mission, ils n'ont pas de raison de leur trouver des solutions.

- Quand nous étions à Rundielle, commence Skotinos, nous avons visité quelques ateliers avec Caemsha. Je me souviens qu'ils en avaient un où ils fabriquaient et réparaient des machines qui leur servent à remonter les minerais des mines. Peut-être qu'ils pourraient imaginer un véhicule pour cette expédition ?

Tous le regardent médusés qu'il se souvienne de ça, après tous les événements traversés depuis.

- J'ai dit une bêtise ? S'inquiète-t-il.

- Non ! Bien au contraire, répond Caemsha. Mais comment tu peux t'souvenir de ça ?

- Leurs machines m'ont fasciné, répond le démon les yeux rêveurs. Elles ont une grande capacité de charge. Elles sont ultra-silencieuses. Et elles fonctionnent avec leurs gemmes d'énergie. Comment ils les appellent déjà ?

- Les gemmes de Dizz, répond machinalement Liquis. Et bien, effectivement, nous pouvons toujours contacter les ingénieurs de Rundielle pour savoir s'ils pourraient participer à l'aventure. Je vais en parler à notre commanditaire pour avoir son avis.

- Ce n'est plus notre commanditaire, rétorque l'elfe.
- Tu refuserais une prolongation de la mission ?
- Va falloir renégocier les termes du contrat dans ce cas... répond pensivement l'alchimiste.

Quelques jours plus tard, toute l'équipe est réunie dans une salle du centre des recherches historiques. Le Pr Parak les a invités à participer à cette assemblée spéciale. La proposition du démon pour le moyen de transport l'a beaucoup intéressé. Sont également présents un nain en costume trois-pièces de couleur marron, la barbe bien coiffée, le regard hautain, un peu méprisant, il s'agit du Pr Zac Zicrou, éminent archéologue ; et une jeune femme brune aux yeux verts, on la croirait tout droit sortie des années 70 avec son pantalon patte d'eph ultra-coloré et sa chemise à fleurs, le Pr Nalini Shayra est l'anthropologue de cette équipe. Nos aventuriers se sentent un peu mal à l'aise à côté de ces scientifiques. Ils ne comprennent pas vraiment pourquoi ils sont là. Le Pr Parak prend la parole, et chacun prend place autour de la table.
- Chers amis ! Je vous ai convié à cette petite réunion pour que nous discutions de la découverte qui a été faite dans les Terres Sauvages.
- Vous prétendez que des vestiges de constructions auraient été retrouvés, répond le Pr Zicrou sur un ton méprisant. C'est totalement aberrant ! Cela ne se peut !
- Peut-être que M Le Professeur a besoin de preuves de ce que nous avons vu, rétorque

Caemsha. L'elfe n'aime pas les manières de ce nain.

- En effet, nous autres scientifiques ne pouvons nous contenter de la parole d'aventuriers pour lancer une expédition, surtout dans les Terres Sauvages.

- Nous avons avec nous les photos que nous avons prises sur les lieux, de plus nous avons remis nos notes et nos objets découverts à la secrétaire du Pr Parak, annonce Liquis en retenant son collègue qui commençait à se lever. L'arrogance de ce nain le met hors de lui. Mais peut-être n'avez-vous pas eu le temps de les regarder ?

Cette réunion promet d'être mouvementée. Il semble qu'il y ait des esprits forts dans l'assemblée. Nirta ne se sent vraiment pas bien. Elle ne comprend rien à ce qui se raconte. Et quand elle voit son coéquipier perdre patience aussi vite, ça l'inquiète encore plus. Ses oreilles de chat plaquées en arrière montrent son degré de stress. À côté d'elle, Skotinos est très calme. Il n'a pas lâché du regard ce professeur insolent. Il l'analyse. Il paraît que c'est un grand spécialiste archéologique, mais cela ne lui donne pas le droit de mépriser les aventuriers comme il le fait. Pendant que Liquis sort les clichés des ruines et les étale sur la table, l'anthropologue prend la parole à son tour en sortant de sa poche un sachet de biscuits à la spiruline.

- Tenez ! Prenez-en ! C'est à manger en pleine conscience ! Ça va vous drainer les émotions ! Dit le Pr Shayra en distribuant ses petits gâteaux à tout le monde.

- Qu'est-ce que cette chose ? Demande le Pr Zicrou en prenant un biscuit avec dégoût.

- C'est de la spiruline ! C'est un super aliment !
- C'est un aliment avec une cape ? Ricane Caemsha, le Pr Shayra le fusille du regard.
- C'est quoi la pleine conscience ? Demande timidement Nirta à Liquis qui hausse les épaules en signe d'ignorance.
- Je sens qu'on s'éloigne du sujet de la réunion, soupire le Pr Parak. Peut-on revenir aux ruines, s'il vous plaît ? Liquis, pouvez-vous nous expliquer ces photos.
- Bien sûr !

Le mage commence alors à décrire chaque photo, en précisant où elles ont été prises. Il y a une dizaine d'images. Sur la première, on voit une colline au loin avec une espèce de surélévation qui semble en faire le tour. Le second cliché montre la colline de beaucoup plus près, la surélévation est au premier plan. On peut remarquer sur l'image que la petite butte est constituée de pierres de différentes tailles. À la base, on peut constater qu'elles ont été agencées de façon ordonnée comme pour la construction d'un mur. Le troisième cliché est pris depuis ce « muret » en direction de la colline. Les hautes herbes ne permettent pas de distinguer grand-chose de l'état du terrain. La photo suivante montre le sommet de la colline pris à la fin de la montée. Là aussi, comme sur le deuxième cliché, on voit une sorte de muret en pierre. La cinquième image montre un panorama du sommet. Le terrain est assez vaste. Il présente de nombreuses bosses par endroits. La végétation y est rase. Sur les clichés suivants, on voit plusieurs murets photographiés à l'intérieur de l'enceinte.

Après avoir parlé des photos, Liquis continue en décrivant ce qu'ils ont observé sur place. Le premier muret en bas de la colline fait le tour de celle-ci en englobant une vaste zone à plat à l'Est. C'est de ce côté que Nirta a remarqué la présence de deux amas de pierres plus importants sur le tracé du muret, laissant un espace vide, comme pour marquer une entrée. Le même constat a été fait sur l'enceinte du sommet. En fouillant un peu le sol, des ossements ont été découverts près d'un des murs. À ces mots, l'archéologue se lève d'un bond. L'action est rendue ridicule par la petite taille du nain qui se retrouve à peine plus haut que la table. Il est rouge de colère. « Vous avez fait quoi ? Des ignorants qui se mettent à fouiller le sol ! Vous avez certainement détruit de précieux indices ! Vous n'êtes qu'une bande d'écervelés amateurs ! » Nos aventuriers sont confus. Ils pensaient bien faire, en collectant un maximum d'indices permettant de justifier l'intérêt du site. Liquis et Caemsha baissent la tête, humiliés. Le Pr Parak ne sait quoi répondre à l'attaque. C'est elle qui les a envoyés, elle est responsable de leurs actions. C'est à ce moment que le Pr Shayra intervient. Elle se tourne vers le Pr Zicrou et lui dit : « Vous envoyez des ondes très dures, là. Il faut respirer en pleine conscience pour ouvrir ses chakras. Vous dites qu'ils ont détruit des preuves. Mais c'est faux. Je les ai reçus bien emballés, identifier, avec une petite fiche expliquant où et comment a été trouvé le relevé. Ainsi que tout un tas de notes explicatives très détaillées. Vous auriez dû en prendre connaissance avant cette réunion. » Elle profite que le nain la regarde la bouche grande ouverte pour lui mettre un de ses biscuits dans la bouche, en lui rappelant que c'est pour drainer les émotions. Cette intervention a surpris tout le monde. Après avoir avalé son biscuit, qui n'était pas si mauvais finalement, le Pr Zicrou questionne le Pr Shayra sur les résultats de ses analyses. S'ensuit une longue conversation dans un langage que nos aventuriers ne comprennent pas. Ça parle de carbone 14, de datation, de motte féodale, d'oppidum. Ils parlent d'un site qui aurait plusieurs milliers d'années. La discussion est très animée entre les trois scientifiques qui oublient complètement la présence de notre équipe. Ils finissent par s'accorder sur le fait qu'il faut organiser une campagne de fouilles sur le site. Et encore une fois, comme le Pr Parak quand elle avait appris la découverte, ils parlent matériels, nombre de personnes, durée des fouilles, et aucun ne se demande comment amener tout ce beau monde et son nécessaire sur place. Caemsha n'a pas décoléré contre l'archéologue, et Liquis essaie de le calmer autant que possible. Voyant cela, Skotinos décide d'intervenir pour ses camarades, car il n'a pas oublié ce pour quoi il est venu à cette réunion : le moyen de transport. Il se contente de lancer d'une voix calme et profonde pour dissiper le brouhaha scientifique : « Et vous comptez amener tout ça comment sur le site ? A dos de cheval ? En charrette ? Je vous rappelle qu'il n'y a pas de véhicule dans les Terres Sauvages. » Sa question stoppe nette les plans de l'archéologue. Il n'a jamais fait de campagne de fouilles de l'autre côté des montagnes. Il ignorait totalement ce détail, comme beaucoup d'autres concernant la Plaine de l'Illusion. Comment vont-ils faire ? L'archéologue spatiale se souvient alors que le démon avait une proposition pour ce problème, et l'invite à exposer son idée.

- Comme vous le savez sûrement, les nains de Rundielle utilisent de nombreuses machines pour extraire les minerais de la montagne. Dans leurs ateliers, j'ai vu certains de ces engins. Je pense que leur savoir-faire pourrait leur permettre de nous créer un véhicule capable de transporter une dizaine de personnes et votre matériel. De plus le va-et-vient d'aventuriers dans leur cité leur donne une bonne connaissance des Terres Sauvages.

- Oui. Il est vrai qu'ils sont doués pour ce genre de création, rajoute le Pr Zicrou en se caressant la barbe, un brin de fierté dans la voix à l'évocation de ses frères de la cité sous les montagnes.

- Les astres sont bien alignés, je pense que ces jeunes gens peuvent aller demander l'aide de la cité naine, propose le Pr Shayra.

- Acceptez-vous d'y aller ? Demande le Pr Parak en se tournant vers le groupe d'aventuriers. Ils se regardent les uns les autres avant de répondre, puis Liquis et Caemsha semble avoir un échange muet pendant un court instant. Caemsha répond alors :

- Notre mission était de découvrir ce qu'il se trouvait sur vos photos satellites.

- Nous avons accompli notre mission, renchérit Liquis. Nous vous proposons même une solution à votre problème en prime.

- Est-ce une nouvelle mission que vous nous confiez ? Parce que, si oui, il va falloir parler rémunération, vous savez, finit l'alchimiste.

En fait le Pr Parak pensait qu'ils agissaient toujours dans le cadre de la première mission. Commence alors une bataille acharnée, où les

uns veulent obtenir plus et les autres donner moins. Finalement au bout de quelques heures, on finit par trouver un accord qui ne satisfait personne, les uns n'ayant pas assez reçu, et les autres trop lâchés. Cet accord marque le début d'une nouvelle mission, aller à Rundielle pour négocier la création d'un véhicule de transport pour les Terres Sauvages, puis poursuivre les recherches sur le site. La mission ne prendra fin que lorsque l'on saura les origines de ce site archéologique.
Pour faciliter l'organisation de cette nouvelle campagne de fouille extraordinaire, Liquis reste auprès des scientifiques pour leur apporter ses connaissances du terrain dont visiblement nos spécialistes ignorent tout. Le reste de l'équipe se rend à Rundielle, Caemsha ne tenant vraiment pas à côtoyer plus longtemps Zac Zicrou.

Quelques jours plus tard, Caemsha accompagné de Skotinos et Nirta, arrive dans la cité naine. Ils commencent par réserver des chambres dans une maison d'hôtes, avant d'aller demander un entretien avec l'Ancien. C'est en quelque sorte le chef de la ville. Il est considéré comme le grand sage. Daldrom porte une longue barbe coiffée de multiples tresses agrémentées de perles de métal. Il est chauve, et porte une tunique grise avec un ceinturon en cuir. Malgré son grand âge, il a le regard vif. Son visage buriné par les années est souriant.

  - Et bien en voilà une surprise ! Il est rare que les aventuriers demandent à me voir. Faut-il que l'affaire soit grave ? Demande-t-il en regardant Caemsha.
  - Grave n'est peut-être pas le mot. Nous

aimerions... Enfin nous souhaiterions... l'elfe perd ses mots devant l'Ancien. La dernière fois qu'il l'a rencontré c'était pour lui annoncer la mort de Gunvarg. Ce souvenir est toujours douloureux pour notre aventurier.

- Ce que mon ami essaie de vous dire c'est que nous souhaiterions vous proposer de participer à un projet de grande envergure, enchaîne Skotinos.

- Un projet de grande envergure ! Voyez-vous ça. Et quel genre de projet ? Demande Daldrom.

- Une campagne de fouille est en train de se monter dans les Terres Sauvages. Accepteriez-vous de créer un véhicule qui permettrait le transport des personnes et de leur matériel vers le site ? Poursuit le démon.

- Et pourquoi nous avoir choisi ? Les scientifiques n'ont-ils pas des ingénieurs à Biva pour ça ?

- Peut-être, Votre Grandeur, intervient Nirta. Mais ils n'ont pas le savoir-faire de Rundielle quand il s'agit de créer des machines sophistiquées, ni les connaissances des territoires au-delà des montagnes comme les rundiellains.

Ses collègues se retournent vers elle, surpris par ses paroles. Après tout, c'est une succube. L'art de la séduction est son domaine. Et en plus, Skotinos n'avait pas été le seul à admirer le travail des nains de la cité. Les mots de la succube finissent de convaincre le chef d'organiser une grande assemblée, flatté par de tels propos.

Ici, les grandes décisions sont votées à l'unanimité par la population. Cela se déroule en plusieurs étapes, d'abord on rassemble la communauté et on lui expose le problème. Puis pendant deux jours, on laisse les gens en discuter entre eux. Chacun est libre de donner son avis. Une fois le temps écoulé, chacun vient déposer une pierre soit noire soit blanche dans une urne. Les noires pour ceux qui sont contre, et les blanches pour ceux qui sont pour. Enfin plusieurs nains sont désignés au hasard pour faire le triple comptage. Une fois cette dernière étape faite, on annonce le résultat devant toute la communauté.

Daldrom fait envoyer un message à tous les habitants afin de les réunir le soir même sur la grande place. On ignore quel système de communication ils utilisent, mais malgré la taille imposante de la ville, deux heures plus tard, toute la population est réunie devant l'Ancien et le groupe d'aventuriers. Ce n'est pas souvent qu'il y a ce genre d'événement. Une certaine excitation règne sur la place. Caemsha a toujours du mal à parler. Skotinos prend donc la relève. Sur la demande de l'Ancien, le démon explique à nouveau la raison de leur présence et le contenu de leur demande. Quand il finit de parler, des murmures s'élèvent de l'assemblée. Chacun y va de sa petite réflexion, et beaucoup apprécient qu'on les ait choisis à la place des ingénieurs de Biva. Puis deux longues journées vont s'écouler avant le vote, et une journée supplémentaire pour le comptage. En attendant, le trio déambule dans les rues, allant d'un atelier à un autre, se faisant souvent arrêter pour être questionné sur des besoins particuliers du véhicule. À la fin du deuxième jour, nos aventuriers ont l'impression que tout le monde commence déjà à travailler sur le projet, alors que le vote n'a pas encore eu lieu.

Le jour du vote, Daldrom réunit à nouveau sa

communauté. « Mes chers concitoyens, vous êtes rassemblés aujourd'hui pour décider si nous participerons au projet proposé par ces trois jeunes gens. Est-ce que quelqu'un veut prendre la parole avant le début du vote ? » C'est la tradition, mais en règle générale, personne ne parle, et on procède au vote. Pourtant cette fois une naine s'avance vers l'Ancien et le rejoint sur l'estrade pour s'adresser à tous. Rousse, ses longs cheveux sont nattés, une forte carrure, elle porte un tablier de cuir maculé de graisse. « Les amis, sur ces jours de discussion, chacun avait déjà une idée à proposer. On nous a demandé de l'aide pour notre savoir-faire et pour nos connaissances des Terres Sauvages grâce aux aventuriers. Oserions-nous refuser cette demande ? Je pense que nous sommes tous d'accord pour accepter. Est-ce qu'il y en a qui sont contre ? » Un silence répond à la naine qui semble satisfaite. Un vieux nain s'approche alors, l'air renfrogné. Il toise la rouquine, puis se tourne vers l'assemblée : « Je ne vois pas pourquoi nous serions obligés de faire cet engin. Ce n'est pas notre domaine. En plus, jamais les véhicules de Rundielle ne sortent de la cité. Ils sont notre propriété ! » Un murmure s'élève. Des questions se posent. « Le vieux n'a pas tort... »

La naine sur l'estrade n'en croit pas ses oreilles, il vient de mettre en doute ce que toute la cité semblait avoir accepté comme une évidence.

Elle réplique : « Dis donc, Grimthral, à quand remonte la dernière nouveauté sortie de ton atelier ? Au moins au siècle dernier ! Laisse donc la place aux nouvelles générations de prouver qu'elles sont capables de relever de tels défis d'innovation ! » Des applaudissements fusent de

toute part, et le dénommé Grimthral s'en va en bougonnant accompagné de trois autres nains tout aussi âgés que lui. « Un grand malheur s'abattra sur nous pour votre arrogance ! » prophétise le vieux nain.
Daldrom secoue la tête, puis demande alors à l'assemblée si le vote est encore nécessaire. Un « non » est lancé par la foule. Puis à la question, « est-ce que l'on participe au projet ? », c'est un « oui » tonitruant qui résonne dans toute la ville. Voilà qui aura fait gagner du temps aux aventuriers. Ils ne savent pas qui est cette personne, mais grâce à elle la question a été vite réglée.
Quelques jours plus tard, ils sont conduits par l'Ancien dans l'un des ateliers. C'est ici que sont fabriqués les véhicules qui circulent dans les mines. Ils découvrent alors des chariots motorisés, des engins d'excavations. Nirta remarque alors un détail qui l'étonne, les véhicules ne sont pas équipés de roues. Ils ont une espèce de ruban fait de plaques de métal à la place.
   - Qu'est-ce que c'est ? Demande-t-elle à Daldrom.
   - Ce sont des chenilles. Bien plus résistant que les pneus dans les mines, répond une voix familière à côté d'elle.
Il s'agit de la naine qui a parlé le jour du vote. Son nom est Thénéis, et elle est la responsable de cet atelier. Elle les attendait. Elle a plein de croquis à leur montrer. L'Ancien abandonne le trio aux mains de la mécanicienne et retourne à ses occupations. Fuyant le bruit de l'activité de l'atelier, elle les conduit dans son bureau. Étonnamment, une fois la porte fermée, plus

aucun son provenant des mécaniciens ne vient déranger la conversation. Thénéis prend place derrière un bureau couvert de schémas et de différents papiers. Elle commence par demander aux aventuriers un résumé des contraintes qu'ils ont pour le véhicule. Caemsha sort alors une liste que lui avait remise le Pr Zicrou. Celle-ci indique le nombre de personnes prévues et leur équipement de base. Il a également rajouté quelques équipements supplémentaires qui pourraient être nécessaires sur place. Ainsi le véhicule devra pouvoir transporter douze personnes, chacune ayant une caisse à outils, un sac de voyage et une valise. Pendant cet échange, Nirta et Skotinos se permettent de regarder les croquis que Thénéis a commencé à élaborer.

- A cela il faut ajouter un espace pour la réserve de nourriture. Car les fouilles doivent durer plusieurs semaines, finit Caemsha.

- C'est un bus de transport qu'il va vous falloir. On peut partir sur un véhicule avec des chenilles. C'est solide. Pour un terrain comme celui de la Plaine de l'Illusion, ça m'paraît être le plus adapté, propose la mécanicienne.

- C'est quoi ce véhicule avec un boudin autour ? Demande Nirta en montrant un croquis affiché au mur.

- Ça, ma p'tite, c'était un engin de course sur coussin d'air. On peut monter à 140 km/h avec ça. On a même traversé un marécage avec. C'est du tout terrain, répond fièrement Thénéis.

- Si c'est du tout terrain, pourquoi ne pas partir sur cette technologie pour notre véhicule ? Enchaîne Skotinos.

- C'est vrai, qu'il y aura des rivières sur notre route, et quelques marécages que nous devrons traverser, murmure l'elfe pensivement.
- Vous pensez qu'ils voudront partir quand, vos scientifiques ?
- Dès la fin de la saison des pluies, je suppose. Soit dans trois mois.
- Négatif ! C'est trop court. Rien que pour les plans vous en avez déjà pour un bon mois. Même si toute la ville s'y met, l'véhicule s'ra jamais prêt avant six mois.
- Ça nous renvoie au début de l'été. Ils ne voudront jamais attendre jusque-là ! S'exclame Caemsha.
- Nous, on fait d'la qualité, mon p'tit bonhomme ! Et la qualité ça demande du temps !
- Dans ce cas, je vous laisse faire vos plans. Et moi, je vais envoyer un message à Liquis qui se chargera d'annoncer la bonne nouvelle à Biva, annonce l'alchimiste en se levant.

Les deux démons demandent à rester à l'atelier afin d'apporter leur aide. Ils ont tous deux l'envie d'apprendre des nains l'art de la mécanique. Et puis une fois partis pour l'expédition, il sera toujours utile d'avoir des personnes qui peuvent faire les quelques réparations éventuelles et les entretiens. Thénéis est ravie de cet engouement, et les prend immédiatement sous son aile.

Lorsque Liquis a annoncé le délai de construction, il va sans dire que ça n'a pas plus. Mais la situation étant exceptionnelle, on ne peut pas faire autrement. Et il serait insultant envers Rundielle, de demander aux ingénieurs mécaniciens de Biva leur avis sur la question. Si au départ, il était prévu de faire une longue campagne de fouilles de plus d'un an. On a revu cette durée à la baisse. Liquis leur a bien expliqué que la saison des pluies commence à la fin de l'automne et se termine généralement à la fin de l'hiver, donc elle dure environ quatre mois. Si le véhicule n'est prêt que dans six mois, ils ne pourront partir pour le site qu'au milieu de l'été. Le Pr Zicrou finit par proposer une courte expédition de trois mois, afin d'évaluer le site, faire un relevé géologique, commencer d'éventuels prélèvements. Finalement, tout le monde y trouve son intérêt, car il faut recruter les archéologues parmi les étudiants, préparer le matériel... Bref, on ne se lance pas dans une telle aventure sans un minimum de préparation et d'organisation.

Pendant ce temps, à Rundielle, les travaux avancent. Après plusieurs semaines, les nains se sont accordés sur le type de véhicule, et ses aménagements. Les carrossiers ont commencé l'assemblage de l'ossature. Chaque atelier s'est spécialisé pour une partie du véhicule. La ville déjà très active en temps normal, est devenue une vraie fourmilière. Les excavations des minerais ont été mises au ralenti pour permettre aux mineurs de prêter mains fortes aux ateliers. Les besoins habituels des aventuriers de passage doivent continuer à être assurés, en même temps que la construction du véhicule. À toute heure de la journée, on voit des nains passés d'un atelier à un autre pour vérifier tel ou tel détail. Au milieu du printemps, un vrombissement résonne dans toute la cité, suivi d'un silence pesant d'une bonne minute qui se finit par un hurlement de joie. C'est l'atelier en charge de la partie moteur et coussin d'air qui vient de faire un nouvel essai de démarrage. Après avoir fait exploser les deux premiers prototypes, le coussin s'est parfaitement gonflé, et la structure se maintient à quelques centimètres au-dessus du sol. Et c'est en un temps record que l'engin sort de l'atelier d'assemblage final à la fin du printemps. Les premiers essais sont effectués à l'intérieur de la ville. Puis très vite on décide de les poursuivre dans la Plaine directement. Sous la surveillance de Thénéis, les trois aventuriers apprennent à le conduire, ce qui était nécessaire, Nirta ayant manqué de peu d'emboutir l'engin sur un rocher, et Caemsha de crever le coussin d'air sur un buisson d'épines acérées. Tout se passe pour le mieux à présent et chacun se réjouit et se félicite pour cette performance.

Pourtant, après quelques jours d'essais dans la Plaine, Tamagoska se réveille un matin avec une tension palpable dans l'air. Lorsque les habitants sortent de chez eux, c'est pour découvrir une armée de Guerriers-Éléphants et d'Hommes-Girafes qui a encerclé la cité des aventuriers. Leurs chefs Githor et Calothéa sont en tête, armés l'une d'une lance l'autre d'une masse d'arme. Ils attendent, le visage fermé, les yeux emplis de colère. Un petit groupe d'aventuriers s'est formé pour discuter avec eux. On retrouve parmi eux, Caemsha, Tev et Fir. La colère des peuplades de la Plaine de l'Illusion a été provoquée par la présence de l'aérobus. Ils sont scandalisés que les blaiçaïens se soient permis d'amener un véhicule motorisé sur leur territoire sans leur permission. Si l'engin ne repart pas immédiatement, ils raseront Tamagoska pour bien rappeler à tous que Blaicia n'a aucun droit sur les Terres Sauvages. Tev est envoyé d'urgence à Biva afin que des émissaires scientifiques viennent s'expliquer sur la raison de leur besoin. Caemsha se rend compte à quel point ils ont été négligents, pire, méprisants envers ces peuples qui vivent depuis des milliers d'années dans le respect de la nature. Et eux, ils débarquent comme ça, avec leur technologie, sans même leur en parler. Il a honte de lui. Plus que les autres, il se sent responsable de la situation. Pour ne rien arranger, le vieux Grimthral en profite pour jeter de l'huile sur le feu en rappelant qu'il s'était opposé à ce projet, que tout est de la faute des aventuriers et de Biva.

Tev revient quelques heures plus tard avec le Pr Zicrou. Ce dernier a été désigné pour représenter l'ensemble des scientifiques de Biva et pour signer tout accord qui pourra être obtenu avec les Terres Sauvages. Accompagné de Daldrom pour Rundielle, l'archéologue négocie pendant plusieurs jours. Githor est scandalisé par leur manque de respect à leur égard, et exige réparation. Il refuse que les siens continuent à entraîner des gens aussi méprisables. Zac Zicrou lui explique que les aventuriers n'y sont pour rien dans tout ceci, que ce sont les scientifiques, dans leur avidité de savoir, qui n'ont rien pris en compte concernant les Terres Sauvages, par ignorance. Ils ont agi, hélas, comme si le site était dans les territoires de Blaicia. Il insiste sur le fait qu'ils s'en veulent tous énormément d'avoir causé autant de tort aux peuples des Terres Sauvages. Le temps passe. Les autochtones ne décolèrent pas. Ils exigent la destruction de l'engin. L'archéologue et l'Ancien ne peuvent accepter une telle chose. Ce serait l'annulation des fouilles sur un site exceptionnel pour Zac, et un crève-cœur pour Daldrom et la cité naine. Nirta décide d'intervenir. Ses talents de négociatrice vont être mis à l'épreuve. La succube rappelle qu'il serait dommage que cette affaire finisse dans un bain de sang, alors qu'il y a peut-être une solution plus simple. Elle suggère qu'il soit mis par écrit que plus aucun autre véhicule d'aucune forme que ce soit issu de Blaicia ou de Rundielle ne foulera l'autre côté des montagnes d'Erthaglir. De plus elle demande Githor et Calothéa de réfléchir à un moyen pour honorer la dette que les aventuriers ont envers eux, sans la payer par le sang. Nirta demande enfin l'autorisation pour que l'aérobus puisse exécuter la mission pour laquelle il a été conçu, et que les archéologues puissent faire leurs fouilles. Après beaucoup d'hésitations, Calothéa et Githor finissent par accepter l'accord et le signer devant les dragons, témoins pour la fin des âges de cette nouvelle page de l'Histoire. Quant au prix à payer par les aventuriers, ils se réservent le droit d'y réfléchir aussi longtemps qu'ils le souhaitent, et décideront eux-mêmes de son contenu. Githor annonce déjà que ce sera l'équipe de Nirta qui devra honorer cette dette, car il estime, avec Calothéa, qu'ils sont responsables de cette situation.

Après bien des peurs et de tensions, Tamagoska peut enfin souffler et célébrer avec grande quantité de bière, de vin et de victuailles cet accord.

À la suite de cet événement, les essais se sont ralentis. De grandes explications sont données aux Hommes-Girafes pour qu'ils acceptent mieux cette présence intrusive dans la Plaine. Et au tout début de l'été, les Pr Zicrou et Shayra, ainsi que nos quatre aventuriers sont conviés à une grande réception organisée à Tamagoska par les habitants de Rundielle. À cette occasion, Daldrom baptise la nouvelle création de ses concitoyens : l'aérobus, puis remet les clefs à nos aventuriers qui en ont désormais la charge. Suite à cet événement, il est temps de lancer les préparatifs pour le grand départ.

Chapitre 9

TOUTE UNE EXPÉDITION

Pendant que notre trio d'apprentis mécaniciens participait à la conception de l'aérobus à Rundielle, les scientifiques ont recruté six de leurs élèves les plus motivés pour partir en voyage pédagogique. Enfin, ce sont les termes qu'ils ont utilisés pour convaincre ces jeunes gens de quitter pour quelques mois leur confort de citadins, pour une vie au grand air. La majeure partie du matériel de fouille est expédiée à Rundielle afin qu'il soit rangé dans le véhicule. Ainsi les Professeurs Zac Zicrou et Nalini Shayra accompagnés de leurs étudiants seront moins chargés pour le voyage jusque dans les Terres Sauvages. Même s'ils parcourent la distance en train, il n'est jamais agréable d'avoir une multitude de sacs au moment de changer de train. Enfin ces braves gens de Biva n'auront que leurs affaires personnelles.

À Tamagoska, Caemsha, Nirta et Skotinos font le plein de provisions. Si l'eau n'est pas un problème, avantage d'avoir un aquamage dans l'équipe, il faut prévoir des denrées alimentaires non périssables pour une douzaine de personnes pour au moins dix à quinze jours. Pour le reste, les aventuriers se chargeront de la chasse et de la cueillette. La nature est riche dans la Plaine de l'Illusion, quand on en connaît les ressources.

Dans un bureau du centre des recherches historiques, Liquis fait le point avec l'archéologue sur les difficultés qu'ils pourraient rencontrer sur place avec la faune environnante. Il va de soi qu'une fois sur place, l'équipe d'aventuriers devra assurer la sécurité du camp et de la campagne de fouille.

Le grand jour arrive enfin, c'est l'heure du départ. Le voyage démarre dans la joie et la bonne humeur. Les élèves sont très excités. Ils discutent avec les professeurs, plaisantent avec les aventuriers. Pour eux, c'est un grand voyage, l'expérience de leur vie. Pour la première fois de leurs jeunes vies, ils passent de l'autre côté des montagnes d'Erthaglir. Nos aventuriers sont sur le qui-vive. Ils ont bien remarqué que les dragons les survolent régulièrement. Ils ne sont pas aussi nombreux d'habitude.

Nirta et Skotinos se sont mis à l'avant et assurent le début du trajet. Ils échangent sur leur expérience à l'atelier de Thénéis. Caemsha essaye d'expliquer le fonctionnement du véhicule à Liquis. Mais celui-ci n'est pas très attentif. La mécanique n'est vraiment pas sa tasse de thé.

Il leur faudra normalement trois jours pour atteindre le site. Bien sûr, ce n'est qu'une estimation, étant donné que c'est une première dans l'histoire des Terres Sauvages.

Au moment du départ, le Pr Zicrou se pavanait comme un paon devant la foule réunie curieuse de découvrir l'équipe d'archéologues. Il disait à qui voulait l'entendre que c'est grâce à ses frères rundiellains que la mission avait été rendue possible. Maintenant, assis au fond du bus, il discute avec son homologue, le Pr Shayra, du paysage qui les entoure, s'émerveillant à la vue des animaux sauvages qu'ils croisent.

Au bout de quelques heures de voyage, une pause est faite pour changer de chauffeur et permettre à chacun de se dégourdir les jambes. Nirta propose de faire quelques petits contrôles du moteur. Même si les nains mécaniciens sont très doués, leur cheffe d'atelier avait insisté sur la précaution de vérifier l'état de l'engin tout au long de la route. Les gemmes de Dizz engendrant une forte chaleur dans le moteur, un système de refroidissement a été mis en place pour remédier au problème. Il faut en contrôler l'étanchéité, remettre de l'eau dans le circuit si nécessaire. La route est chaotique et les vibrations sont nombreuses. Il faut également inspecter le serrage des boulons et des vis qui assurent la solidité de l'ensemble de la structure.

Alors que Nirta a la tête dans le moteur, elle demande à Liquis qui passe à ce moment-là de lui donner le jeu de clés Allen. Le mage la regarde avec un air interrogateur.

- Un jeu ? De clés ? A laine ? Tu fais du tricot dans le moteur ? Demande Liquis.

- Hein ? Mais non ! J'te demande juste de m'passer les clés Allen, répond Nirta.

- Des clés pour de la laine... Perso, avec ces chaleurs, je préfère porter du coton ! Rétorque le mage en regardant ses vêtements.

- Jeu de clés Allen, intervient Skotinos en tendant à Liquis une petite boîte contenant des tiges métalliques hexagonales coudées de différentes tailles. Le mage regarde les outils, puis Skotinos et enfin Nirta. Un silence gêné s'installe un bref instant entre le trio, avant qu'ils n'éclatent de rire en repensant au dialogue de sourd qui vient d'avoir lieu. Attiré par le bruit, Caemsha arrive et demande des explications. Après un bon moment d'hilarité générale, il conclut qu'il vaut mieux éviter de demander de l'aide à Liquis pour la mécanique.

Le chemin qui avait été tracé sur la carte entre Tamagoska et le site des « ruines », est une ligne bien droite. Mais dans la réalité, il y a certains obstacles naturels qu'il vaut mieux contourner. Aussi Skotinos contourne chaque colline un peu haute de peur de renverser l'aérobus, Nirta chaque marécage, elle déteste l'eau boueuse. Quant à Caemsha, il tente tout. Il veut connaître les capacités de l'engin. Il s'émerveille à chaque nouvelle difficulté franchie, et fulmine prodigieusement quand il est obligé de l'éviter. Les deux démons lui conseillent de se calmer un peu, et d'être plus respectueux de la nature. L'elfe prend alors conscience qu'il recommence la même erreur, et manque de respect aux Terres Sauvages. Les étudiants n'ont pas été mis au courant de l'incident diplomatique engendré car l'aérobus. On ne voulait pas les effrayer.
Progressivement ils finissent par arriver en vue de la jungle de Janaya. C'est au détour d'une énième colline qu'ils aperçoivent au loin une ligne vert foncé. Skotinos est au volant, concentré sur la route devant son nez, il n'a rien remarqué. Mais Nirta qui est à côté de lui s'est crispée, et Liquis et Caemsha à l'arrière ont échangé un regard lourd de différents souvenirs. Un frisson les parcourt, alors que cet horizon luxuriant réveille chez le mage et l'alchimiste le souvenir tragique de la mort de Gunvarg, et celui plus récent de la blessure de Skotinos. Qui pourrait croire en regardant ces arbres, qu'il y vit des créatures féroces et mortelles. Liquis et Caemsha gardent le silence les yeux rivés sur la jungle. Ils n'entendent

pas le Pr Shayra qui les interroge sur ce qu'ils voient. Ils sont obsédés par l'idée de voir surgir un apèpe ou une vivora. Nirta est la première à sortir de sa torpeur pour donner des explications à leurs passagers. Chacun braque alors son regard dans la direction indiquée, et un silence s'installe pendant un certain temps devant ce nouveau paysage pour l'équipe de fouille.

Lorsqu'ils arrivent enfin près du site, Skotinos s'en approche au plus près pour arrêter le véhicule. Un « STOP ! » tonitruant résonne du fond de la cabine, alors qu'il est encore à une bonne cinquantaine de mètres des premiers vestiges. Le Pr Zicrou ne veut pas que le camp soit monté trop près, on ne sait jamais ce qu'il se cache dans le sol. Mais les aventuriers ont déjà prévu d'installer le nouveau camp à côté de leur ancien gîte, bien décider à en faire à nouveau usage tout en gardant un œil sur ces novices de l'aventure. Nirta n'ayant aucune envie de s'occuper de monter le camp, elle s'éclipse pour aller chasser quelques gibiers pour le repas du soir. Elle part en direction de la savane. Son retour en ces lieux lui remémore l'attaque de l'apèpe. Elle est sur le qui-vive. La crainte de voir resurgir le serpent géant est présente dans la tête des quatre aventuriers. Liquis et Caemsha prennent sur eux pour ne pas montrer leurs inquiétudes aux archéologues. Quant à Skotinos, il s'agite dans tous les sens pour ne pas penser à la proximité de la jungle.

L'alchimiste transmute un monticule de terre en plusieurs dortoirs. Le confort y est spartiate aux yeux du Pr Shayra. Pourtant les maisonnettes sont composées d'une chambre avec toilettes et douche. Difficile d'offrir un plus grand luxe au milieu de la Plaine de l'Illusion, à des centaines de kilomètres de la première ville.

À présent qu'ils sont sur place, ils imposent de nouvelles règles aux voyageurs qui les accompagnent. De la tombée de la nuit jusqu'au lever du jour, personne ne devra sortir des dortoirs. Aucun chercheur ne sort du camp, tant que les aventuriers n'ont pas déclaré la zone comme étant sécurisé. Pendant les fouilles, les aventuriers feront régulièrement des rondes, surtout du côté de Janaya. Les professeurs trouvent ces règles un peu exagérées. La zone a l'air particulièrement calme. Et pendant le trajet, ils n'ont que rarement aperçu quelques fauves au loin dans la savane.

- Peut-être que le Pr Zicrou est un éminent spécialiste des dangers auxquels les aventuriers doivent faire face. Et le Pr Shayra connaît très certainement quelques supers aliments qui pourraient nous en protéger, siffle Skotinos. Puis relevant la manche de la chemise qu'il porte désormais à la place de sa doudoune depuis l'accident, et montre la cicatrice de la morsure. Il est vrai qu'un apèpe n'est pas très dangereux. La dernière attaque que nous avons subie juste de l'autre côté de ce site m'a valu... Attendez que réfléchisse un peu... Un voyage de 19h à dos de dragon en compagnie d'une succube folle d'inquiétude, une téléportation avec un ange entre Tamagoska et Biva, et plusieurs semaines sous haute surveillance dans un hôpital spécialisé, et cette magnifique blessure de guerre. Et bien sûr la certitude pour mes collègues que j'allais y passer. Non vraiment, vous avez raison, nos règles sont exagérées, poursuite le démon.

- En clair, ou vous vous pliez à nos règles ! Ou on vous enferme dans vos baraquements ! Conclut Caemsha. Suivi d'un retour immédiat à Biva sans possibilité de faire la moindre fouille !!!

- Quel genre de créature peut faire des marques pareilles ? Demande l'un des étudiants en observant la jambe de Skotinos.

- Le genre capable de te faire quitter cette planète si tu ne reçois pas l'anti-venin dans les 24h qui suivent la morsure, répond Liquis.

- J'accepte de jouer les infirmières pour mes collègues et amis, parce qu'ils sont ma famille, rajoute Nirta. Pas pour des imbéciles qui fanfaronnent et veulent ignorer les risques liés à cet environnement.

- Professeurs ! Déclarent les élèves après s'être concertés du regard. Ces aventuriers savent de quoi ils parlent. Nous suivrons leurs règles car elles sont justes. Nous avons beaucoup à apprendre de leurs connaissances. Et vous aussi ! Voilà qui commence bien le séjour de toute l'équipe. Les deux professeurs sont bien obligés d'admettre que leurs élèves ont raison. Et ils en sont meurtris dans leur orgueil.

Le soir venu, Liquis et Caemsha commencent à préparer le repas. C'est une bonne chose que Nirta ait pris l'initiative d'aller chasser en arrivant, car nourrir douze personnes s'avère être bien plus compliqué que pour quatre. Ils organisent un gros barbecue pour cuire le gibier. Ils prélèvent dans la réserve quelques légumes, fruits, et pains, pour l'accompagnement. Une fois les plats apportés sur la table, le Pr Shayra refuse de toucher à la viande, elle ne jure que par les « supers aliments ».

- Vous comprenez que la viande, ça a une énergie très basse. Et ce n'est pas bon pour le corps. Il vaut mieux manger des fruits, des baies...dit-elle.

- Et bien, c'est très bien ainsi, réplique le Pr Zicrou en lui coupant la parole. Vous ne verrez pas d'inconvénient à ce que je vous débarrasse de votre part de viande ?

- Pardonnez-moi, intervient un élève en s'adressant aux aventuriers, avez-vous l'habitude de manger ce genre de nourriture ?

- Et bien... répond Caemsha. Depuis qu'on travaille avec Skotinos et Nirta, notre bectance s'est vachement amélioré, en fait.

- Nos deux démons sont de très bons chasseurs, et Nirta a de très bonnes connaissances des plantes comestibles de la région, alors que nous, nous sommes incapables de tuer un lapin, rajoute Liquis.

- Contentez-vous de vos biscuits à la spiruline, ainsi il y aura plus de nourriture pour nous, ma chère ! Poursuit l'archéologue.

- Mais vous aussi, vous devriez faire attention à ce que vous mangez. Surtout que vous dégagez des énergies très dures, insiste l'anthropologue.

- C'est très gentil de vous soucier de ma santé, mais j'aime la bonne chair, et toutes ces victuailles me mettent en appétit. De plus, personne ne vous a obligé à nous suivre sur le site. Votre métier s'effectue essentiellement en laboratoire. Allons, braves gens, faisons honneur à nos cuisiniers et mangeons, conclut le nain en attrapant une cuisse de lapin et un morceau de pain.

Encouragés par leur professeur, les élèves attaquent le repas à leur tour. De leurs côtés les aventuriers avaient déjà commencé à manger. Pour eux, la différence dans ce repas est seulement la quantité à préparer. Quant au Pr Shayra, elle boude dans son coin en grignotant quelques fruits, graines et biscuits de sa propre réserve. Son éminent collègue a marqué un point, elle n'a pas sa place sur le terrain. Mais la découverte est si extraordinaire, qu'elle voulait la voir de ses propres yeux. Elle n'a pas réfléchi aux conditions de vie sur place. Sa réserve n'est pas très grande et ne durera pas longtemps. Devra-t-elle accepter de manger une nourriture dont elle ignore tout ? Ou renoncer à cette expédition et rentrer à Biva ?

Une fois le repas terminé, chacun aide à débarrasser, puis rentre dans les dortoirs. La nuit étant déjà bien avancée, il ne serait pas raisonnable d'enfreindre les règles dès le premier soir. Notre groupe d'aventuriers vérifie que les archéologues n'essayent pas de tricher, en particulier les jeunes, mais tous sont éreintés par le long voyage qu'ils ont fait, et ils vont rapidement se coucher. Quand ils rentrent enfin à leur tour dans leur gîte, Caemsha fait un point rapide sur le repas. Au vu de la quantité de viande avalée par le nain et ses élèves, il faut prévoir que tous les jours, Skotinos et Nirta partent à la chasse. Ce qui implique que Liquis et lui devront assurer la sécurité, seuls en attendant le retour des démons.

Le Pr Zicrou s'est levé aux premières lueurs du jour. Il veut étudier de plus près ce qu'il n'a fait qu'apercevoir la veille lors de leur arrivée. Pour une fois, il se fait violence, ravale son orgueil et

son air hautain, et va voir les aventuriers qui sortent à peine de leur gîte pour le petit-déjeuner.
- Madame ! Messieurs ! Bien le bonjour !
- Professeur ? Vous êtes bien matinal, répond Liquis en baillant.
- Et vachement de bonne humeur, remarque Caemsha.
- Mais c'est agréable, quand il est aussi poli, minaude Nirta.
- La raison en est fort simple. J'ai grande hâte de voir de plus près ces vestiges. Aussi, accepteriez-vous de me laisser examiner le petit tronçon qui jouxte le camp ? Pendant ce temps vous pourrez vous sustenter, et faire votre tour de sécurité.
- Avez-vous pris votre collation du matin ? Demande Skotinos.
- Et bien... Non... Je voulais...
- Alors venez manger avec nous, enchaîne le démon en prenant le nain par le bras. Je vous accompagnerai ensuite, le temps que les gars fassent leur tour. Et que notre chère Nirta se prépare pour la chasse.
- T'insinue quoi, là ? Demande la démone d'un air agacé.
- Que je doute que ta tenue actuelle soit idéale pour la chasse, répond-t-il en observant la chatte en nuisette.
- Mouais... Vu sous cet angle...
L'archéologue n'avait pas prévu que les choses tourneraient ainsi. Un gargouillement sonore émit par son ventre, lui rappelle que le petit-déjeuner est le repas le plus important de la journée. Il accepte donc la proposition, et se laisse entraîner vers l'espace restauration.
Dans cet espace entouré par le gîte et les dortoirs,

l'alchimiste a transmuté une grande table et des tabourets. On trouve également une cheminée surélevée pour la cuisson de certains plats et un grand barbecue, ainsi qu'un coin pour faire la vaisselle.
Profitant de cet instant de partage et de convivialité, l'archéologue interroge Skotinos et Nirta sur les détails de l'attaque de l'apèpe. Même s'il n'a rien montré la veille, il a été très choqué par la taille de la cicatrice sur le bras du démon. Il commence à prendre conscience qu'il est bien loin des territoires paisibles de Blaicia. Liquis et Caemsha expliquent que la Plaine de l'Illusion n'est pas un territoire spécialement dangereux. Hormis quelques attaques de fauves, la présence des dragons et des Hommes-Girafes assure une certaine sécurité. Par contre, lorsqu'on se rapproche de Janaya, le nombre d'accidents augmente de façon drastique. On ignore encore beaucoup de choses sur la faune qui vit dans la jungle. Rares sont les aventuriers qui tentent d'y pénétrer, et plus rares sont ceux qui en reviennent. Ils savent pour l'avoir vécu, qu'il y a des créatures mortelles qui vivent à la lisière des arbres et n'hésitent pas à sortir pour se nourrir. Liquis se lève pour cacher au professeur son trouble, l'image de Gunvarg se faisant dévorer vient à nouveau de s'imposer dans sa mémoire. Caemsha le rejoint pour le soutenir dans cette épreuve qu'ils partagent, lui aussi pleure la mort de leur compagnon. Zac se surprend à éprouver de l'affection pour ces jeunes aventuriers déjà bien marqués par les duretés de la vie.

Comme promis Skotinos accompagne le nain jusqu'au morceau de mur à côté du camp, après une généreuse collation. Il aide le professeur à porter une partie de son matériel. Profitant de leur isolement, le Pr Zicrou demande :

- Serait-il indiscret de vous demander ce qu'ils ont traversé ? Ils avaient l'air si tristes tout à l'heure.

- Leur précédent coéquipier s'est fait dévorer par une créature inconnue jusque-là.

- Par Tsukiterasu ! Était-il moins expérimenté ?

- Bien au contraire. De ce que je sais, Gunvarg était un nain robuste et courageux. Ils travaillaient ensemble depuis pas mal d'années. Vous êtes originaire de Rundielle. Vous connaissez mieux que personne la réputation de ses habitants. Gunvarg en était aussi originaire.

- Quand est-ce arrivé ?

- Quand le Pr Parak leur a confié cette mission.

Savoir qu'un de ses concitoyens est mort de façon aussi tragique, et que ces deux petits gars ont poursuivi leur mission malgré le chagrin, le Pr Zicrou regarde Liquis et Caemsha sous un jour nouveau. A cet instant, il se jure de tout faire pour les soutenir le temps des fouilles. Et s'ils le lui accordent, il les soutiendra dans toutes leurs missions futures d'une façon ou d'une autre. Ils ont fait preuve d'une grande détermination en poursuivant cette mission. Voyant le mage et l'alchimiste arrivés, il se met rapidement au travail pour ne pas montrer son trouble les concernant. Il commence à regarder de plus près le tas de pierres à ses pieds. Il se met à genoux dans l'herbe. Il arrache quelques touffes d'herbes pour dégager le bas de la structure. Intrigué par un détail, il demande au démon de l'aider à ôter toute la végétation autour. À sa grande surprise, les blocs sont agencés de façon structurée, preuve que c'est l'œuvre d'une peuplade à la technicité avancée. D'après les informations qu'il a pu récolter à l'auberge à Tamagoska, il n'y a aucune peuplade qui bâtit des édifices en pierres de ce côté des montagnes. Alors qui a bien pu construire ce qui est devant ses yeux ? Les élèves l'ont rejoint, et il les encourage à prendre chacun un bout de talus et de noter tout ce qu'ils voient, et remarquent. Qu'ils fassent un relevé précis d'absolument tout, ils feront un bilan au déjeuner. L'après-midi, ils monteront sur la colline pour y faire également un relevé. De là ils pourront établir un premier plan d'action. Enfin, c'est ce que l'archéologue espère, car il se demande ce qu'il va découvrir sur la colline. D'après les aventuriers et leurs photos à l'appui, ainsi que les artefacts relevés, c'est une découverte archéologique sans précédent. Le Pr Zicrou en a des frissons d'excitation rien qu'à l'idée.

Pendant toute la matinée, ils font un relevé topographique de la structure en bas de la colline. Chaque petit détail est soigneusement enregistré. Pendant ce temps l'anthropologue du groupe n'ayant rien de spécial à faire, elle inventorie ses réserves personnelles de nourritures. Elle est désespérée. Elle n'a pas pensé au problème d'approvisionnement en nourriture. Et l'idée de manger toute cette viande, et tous ces fruits et légumes bizarres que ramène la succube, la révulse. Elle commence à regretter d'être venue. Les conditions de vie sont difficiles pour elle, loin de son quotidien et de ses habitudes alimentaires.

Elle perd le moral. Quand Nirta rentre de sa chasse matinale, elle trouve Nalini en pleur.
- Et ben ! Qu'est-ce qui va pas ? L'interroge la démone en passant un bras autour de ses épaules.
- Tout est si différent ici. C'est tellement compliqué pour moi, pour la nourriture, pleurniche le professeur.
- C'est parce que vous ne connaissez pas la région. Si vous voulez, je peux vous apprendre le peu que j'ai appris. Ce que je ramène en fruits et légumes est très bon. Vous n'avez même pas essayé d'en goûter.
- Mais je ne connais pas leurs apports nutritionnels...
- Vous n'êtes pas chez vous, ici. Il faut vous adapter. Tant que nous serons sur le terrain, oubliez vos habitudes de citadine. Nirta sort de sa besace une poignée de gros haricots blancs. Ce sont des niébés. Ils sont très riches en protéines. On peut faire plein de trucs avec. Venez ! On va préparer un ragoût avec ma récolte de ce matin et la viande. Et cet après-midi je vous emmène dans la plaine faire un tour. Ça vous changera les idées.

Le Pr Shayra suit la féline vers la cuisine, et exécute ses directives pour la réalisation du repas. Les odeurs d'épices sucrées et salées donnent l'eau à la bouche. Et l'anthropologue se surprend même à goûter la sauce pendant qu'elle mijote. Les effluves de la cuisine rappellent au nain, à ses élèves et aux aventuriers que l'heure du déjeuner à sonner. Et chacun vient prendre place autour de la table pour savourer le plat préparé par les deux cuisinières. Chacun se régale, même Nalini Shayra.

Les premiers relevés sont impressionnants, et Zac Zicrou est plus bavard que jamais, rappelant sans cesse que c'est grâce aux aventuriers qu'ils font cette remarquable découverte. À la fin du repas, Nirta rejoint Liquis, Caemsha et Skotinos dans leur gîte. Elle leur fait part de sa conversation avec l'anthropologue et de son état. Elle envisage de l'amener dans la plaine. Normalement les Hommes-Girafes sont dans les parages, car elle a relevé leurs traces pendant sa chasse. Ils pourront enseigner une partie de leur savoir au professeur pour qu'elle se sente moins perdue face à des aliments nouveaux. Les garçons devant faire le tour de garde du site, ils acceptent l'idée avec plaisir.

- Vous ne trouvez pas que Zicrou a changé ? Il n'a pas arrêté de nous envoyer des fleurs pendant tout le repas, remarque Caemsha.

- C'est vrai. C'est le jour et la nuit par rapport à hier. Je me demande à quoi c'est dû, s'interroge Liquis.

- J'y suis peut-être pour quelque chose, murmure Skotinos.

L'elfe et l'humain se tournent d'un même mouvement vers lui très étonnés. Le démon leur raconte sa conversation avec le nain, son inquiétude par rapport à leur tristesse cachée. Le mage et l'alchimiste se regardent, puis demandent s'il a parlé de Gunvarg. « Bien sûr que j'en ai parlé ! D'ailleurs il m'a mitraillé de questions après ça. Enfin... jusqu'au moment où vous êtes arrivés... » Répond Skotinos. Effectivement, ça explique le changement. Au moins le Pr Zicrou les connaît un peu mieux, et il a certainement révisé son jugement. En parlant du loup, ils l'aperçoivent qui descend la colline et les interpelle. Il a besoin de renseignements. Il aimerait savoir où ils ont creusé la première fois pour choisir la zone de fouilles. Et puis s'ils peuvent lui montrer comment ils ont effectué leurs prélèvements. Liquis et Caemsha suivent l'archéologue silencieusement. Une fois en haut de la colline, ils lui désignent une toute petite zone coincée entre le mur d'enceinte et une autre structure. Les intempéries ont recouvert de terre le trou, mais la trace en est encore visible. Le professeur a l'air tout excité.

- Alors, Messieurs ? Dites-moi comment vous avez procédé ?

- Professeur, la dernière fois, vous nous avez incendiés sur notre irresponsabilité, s'énerve Caemsha. Alors pourquoi vous voulez savoir comment on a fait, maintenant ?

- C'est vrai, répond le nain la tête basse. Je vous ai mal jugé. Je... Votre ami démon m'a expliqué ce qu'il vous est arrivé. Vous avez poursuivi la mission malgré la mort tragique de Gunvarg. Vous avez honoré sa dépouille en la ramenant à sa famille. Nalini... enfin, je veux dire le Pr Shayra m'a expliqué comment étaient les prélèvements que vous lui avez transmis. Je n'aurais pas dû m'emporter de la sorte.

- Les conditions de la mort de notre ami ont été particulièrement traumatisantes pour nous, enchaîne Liquis. Gunvarg était plus qu'un simple collègue, plus qu'un ami, s'était un père et un mentor pour nous.

- Quand nous sommes devenus aventuriers, c'est lui qui nous a tout appris.

- Gunvarg était un nain intrépide. Serait-ce trop vous demandez que de me raconter son vécu avec vous ?

- Pour quelle raison vous vous intéressez autant à lui ? S'étonne l'alchimiste.

- Rundielle est une petite ville. Nous étions à l'école ensemble. C'était un camarade de classe, répond l'archéologue en baissant la tête pour cacher son émoi. Nous étions amis étant enfant, puis la vie a fait que nos chemins se sont séparés. Les deux aventuriers le regardent, et lui proposent de tout lui raconter pendant la soirée, car s'ils devaient en parler maintenant, ils ne pourraient pas profiter des heures de lumière du jour pour les fouilles. L'archéologue acquiesce et prend note des détails du premier relevé. Il leur propose de les initier au relevé topographique à l'aide d'un tachéomètre, un merveilleux instrument de son point de vue permettant de lever un plan, pour les aider dans leurs futures missions de reconnaissances des terrains. Les deux apprentis géomètres, guidés par le professeur, font le relevé de la zone au sommet de la colline. Quand ils redescendront au camp, ils transféreront les données dans l'ordinateur pour avoir une vue d'ensemble du secteur. Grâce à ça, ils pourront dès le lendemain, installer le matériel et faire le carroyage, qui consiste à délimiter l'espace en petits carrés pour faciliter les fouilles.

Le soleil commence à être bas à l'horizon, quand toute l'équipe se décide enfin à redescendre au camp. Ils y sont accueillis par les rires de Nirta et de Nalini revenues de leur balade dans la plaine. Elles n'ont pas rencontré les Hommes-Girafes, mais la succube a relevé des traces de leur présence dans les parages. L'équipe est toujours sous surveillance. Elle a conduit sa nouvelle copine jusqu'à un arbre gigantesque, non loin de là. Sa ramure donne l'impression qu'il a les racines à la place du feuillage. À ses branches, pendent de grosses cosses marron. On appelle ses fruits des pains de singes, l'arbre en question est un baobab. Totalement inconnu, en Blaicia, ce fruit a pourtant de nombreuses vertus. La pulpe peut être consommée de différentes façons. On peut torréfier ses graines pour en faire un café sans caféine. Les filles en ont récolté quelques-uns. Le Pr Shayra le qualifie déjà de « super-aliment » de la Plaine de l'Illusion. L'anthropologue commence à comprendre le nom de ce vaste territoire : si au premier abord, l'endroit paraît désolé, il regorge en réalité de vie en tout genre et de bien des merveilles. Zac Zicrou se range à son avis après avoir regardé les résultats d'analyse du relevé topographique. Il est sidéré. Le site de forme ovale semble divisé en deux parties, sur l'un des côtés longs se trouve une entrée, face à elle, se trouvent une dizaine de bâtiments, de chaque côté de l'entrée, deux bâtiments plus grands. Du moins c'est ce que suggèrent les analyses. Le Pr Zicrou envisage de survoler l'espace avec le drone Lidar pour une analyse plus en profondeur. Les technologies sorties des laboratoires de Biva sont utiles dans bien des domaines. Il s'agit ici d'une télédétection au laser. Tout le monde rit de voir l'archéologue aussi émerveillé devant ce site.

Chapitre 10

DES FOUILLES
EN MILIEU HOSTILE

Après une bonne nuit de sommeil, tous se lèvent aux premières heures du jour pour prendre son petit-déjeuner. La journée va être laborieuse pour l'équipe archéologique. Il faut mettre le matériel en place. Dans un premier temps, les professeurs aidés de leurs élèves, montent une partie du matériel sur la colline. Le Pr Zicrou détermine une zone à proximité de l'endroit où Liquis et Caemsha avaient creusé il y a des mois. Il demande ensuite à notre alchimiste s'il peut retirer la première couche de terre afin d'atteindre les couches à fouiller. L'elfe réfléchit un instant avant de transmuter la terre de surface en blocs rectangulaires faciles à déplacer. Il a une petite idée derrière la tête sur la façon d'utiliser ce surplus. Pendant qu'il opère, Liquis descend les blocs en bas de la colline. Il ne voit pas ce que son ami veut en faire, mais ne pose pas de question. Même si les élèves participent à la tâche, les allers-retours entre le haut et le bas de la colline sont éreintants. En fin de matinée, la transmutation et son déplacement sont terminés. Liquis s'écroule sur l'herbe, épuisé par l'effort. C'est à ce moment-là que les chasseurs reviennent, Skotinos portant sur son dos une antilope. Un gibier de cette taille devrait subvenir aux besoins de l'équipe pour plusieurs jours. Nirta s'approche du mage et s'assied sur son ventre pour voir dans quel état il est. Liquis ouvre les yeux immédiatement :

- Ce n'est pas parce qu'un homme est allongé par terre, que tu peux t'imager n'importe quoi ! Lance-t-il à la succube, le souffle coupé.

- C'était juste pour voir si tu allais bien, répond la féline innocemment.

- Il y a d'autres méthodes pour ça. Tu te lèves, oui !

- Mais qu'il est grognon aujourd'hui, réplique Nirta en se levant. Qu'est-ce que tu lui as fait, Caem ? Il a perdu son humour.

- Juste un peu d'exercices physiques, dit l'elfe en souriant.

- Un coup de main ? Propose Skotinos à Liquis. Le mage accepte la main tendue pour se remettre debout, même s'il n'en avait pas vraiment besoin. Vivre avec une succube dans l'équipe a ses avantages et ses inconvénients. Elle saisit la moindre occasion de leur rappeler sa nature. Et si sur le coup, Liquis n'a pas apprécié de se faire écraser alors qu'il essayait de reprendre son souffle. Maintenant qu'il s'est calmé, la situation a de quoi faire sourire.

A présent que les quatre aventuriers sont réunis, Caemsha expose son idée pour utiliser la terre. Il rappelle que la zone où les démons avaient subi l'attaque de l'apèpe, est extrêmement proche de la jungle Janaya. Il aimerait ériger un mur à cet endroit qui les protégerait d'une nouvelle attaque quand ils font leur ronde autour du site. L'idée est intéressante mais demanderait beaucoup plus de matière que le peu qui a été excavée dans la matinée. En plus, il n'est pas dit que le Pr Zicrou ne pique pas une crise en voyant un mur se monter juste à côté des vestiges d'un ancien mur d'enceinte. Nirta et Skotinos se regardent, et finissent par demander pourquoi ils ne reconstruisent pas tout simplement l'ancien mur d'enceinte puisqu'il y a déjà la base. Tous réfléchissent à cette idée, quand l'archéologue les interpelle pour leur demander de lui monter de nouveaux piquets métalliques.

- Qu'est-ce qu'il a fait avec ces piquets ? Demande Caemsha. J'en ai monté une bonne cinquantaine ce matin.

- Aucune idée, répond le mage. Mais je peux vous affirmer que ce n'est pas moi qui les lui amène. J'ai eu ma dose de sport pour la journée. Je ne remonte plus là-haut avant demain !

- Je dois préparer la viande pour ne rien perdre dessus, s'empresse de répondre Skotinos qui préfère les tâches culinaires aux besoins archéologiques.

- Bon ! Et bien, il ne reste que nous deux. Tu m'aides, Nirta ?

- Est-ce que j'ai le choix ! J'vais pas te laisser tout monter tout seul. Allez ! Go! » À peine a-t-elle fini sa phrase qu'elle se dirige vers la partie centrale de l'aérobus où a été aménagé un atelier sommaire pour le stockage du matériel des fouilles.

Lorsqu'ils arrivent en haut de la colline, ils découvrent que la zone excavée est quadrillée à l'aide des piquets et de cordelettes. Au-dessus les élèves ont monté une structure métallique sur laquelle ils sont en train de tendre une bâche. Les deux aventuriers sont bouche bée devant l'efficacité du petit groupe. Zac mène son équipe d'une main de fer. En les voyant arriver, le nain s'approche d'eux.

- Parfait ! Nous allons pouvoir finir le carroyage.

- Le quoi ? Demande Caemsha.
- Vous faites un morpion géant ? Demande Nirta.
- Pas du tout, ma chère ! Répond l'archéologue en éclatant de rire. Le carroyage consiste a divisé la zone de recherches en plusieurs petits carrés pour faciliter les fouilles et le relevé des positions des découvertes. Ensuite chacun prendra un carré à fouiller, et nous avancerons de façon méthodique.
- Ça, c'est d'l'efficacité, s'exclame l'alchimiste.
- Haaa ! Ben pendant le déjeuner, on aurait une demande à vous faire, parce que c'est vous le spécialiste des trucs anciens, intervient Nirta.
- Et bien, si je peux être utile à votre culture, je serai ravi de vous répondre.
- En fait, on voulait savoir si on peut restaurer un mur ancien, sans qu'ça vous pose problème, déclare Caemsha. Mais on vous laisse travailler. On en r'parle t'à l'heure ! Rajoute-il précipitamment.
Et il entraîne sa collègue en bas de la colline avant de laisser le temps au nain de répondre. L'archéologue les regarde s'éloigner en réfléchissant à leur demande. Quel mur veulent-ils restaurer ? Et pour quelle raison ?
Pendant le déjeuner, le Pr Zicrou interroge les aventuriers sur leurs intentions exactes. Ils expliquent leur inquiétude par rapport à la zone du site limitrophe à Janaya. Ils aimeraient pouvoir construire un mur pour ralentir les dangers potentiels venus de la jungle, ou à défaut reconstruire une partie de l'ancien mur d'enceinte. L'idée d'une nouvelle construction sur un site historique de ce type ne plaît pas au scientifique, mais il comprend parfaitement leur

raison. Il propose donc de faire un relevé détaillé du secteur à modifier et de noter tout ce qui sera rajouté dans un journal de bord. Ainsi une trace sera gardée de la nouvelle évolution du lieu. Le nouveau mur sera construit à quelques mètres de l'ancienne structure afin de les différencier. Ravi de la proposition du professeur, l'elfe ne perd pas une minute, et dès la fin du repas, il entraîne ses amis dans le déplacement des blocs de terre vers la jungle. Liquis ayant eu sa dose d'exercices physiques, il se propose pour faire le relevé de la zone encore vierge. Avant d'attaquer la construction du nouveau rempart, notre mage fait vérifier son relevé par le nain afin de s'assurer de n'avoir rien oublié. Ceci fait, la construction peut commencer. Elle ne demande pas beaucoup de temps, notre alchimiste transmute rapidement la terre en un mur de 3m de haut et d'une vingtaine de centimètres d'épaisseur. Il suit la courbe du site sur plusieurs dizaines de mètres. La structure n'est pas très solide, mais son but premier est de cacher les patrouilles au regard des créatures qui se trouveraient à la lisière des arbres. La hauteur du mur est loin d'être suffisante pour les protéger d'une attaque aérienne d'un apèpe.

Les jours, puis les semaines passent. Aucune créature n'a été détectée jusqu'à présent. Mais les aventuriers ne relâchent pas leur vigilance pour autant. Ils ne tiennent pas à réitérer les erreurs du passé. Ils ont conscience de leur responsabilité sur la sécurité de toute l'équipe de fouille. Et ils ont bien raison. Ce matin, Caemsha a décidé d'accompagner Skotinos à la chasse. Ce sont donc Nirta et Liquis qui font le tour de garde. Le premier s'était fait comme d'habitude sans la moindre anomalie. Alors qu'ils discutent pendant leur second tour en milieu de matinée, Nirta remarque au loin, à la fin du mur de protection, une créature aux allures féminines des plus alléchantes pour elle.

« Mate un peu la beauté, là-bas ! » annonce la succube à son équipier en se léchant les babines. Liquis regarde alors dans la direction indiquée. Son sang se glace face à cette vision. Avant que la créature n'ait pu les repérer, il plaque sa collègue au sol, la main sur la bouche. Nirta est d'abord surprise, mais prend vite son air de séductrice. Alors que le mage enlève doucement sa main de sa bouche, elle ronronne : « Et bien ! Tu as des envies soudaines ? » Mais le regard noir du mage vient la calmer direct. Il lui explique que c'est une vivora. La féline reprend aussitôt son rôle de garde.

- C'est une bestiole de ce genre qui a..., Liquis n'arrive pas à finir sa phrase.
- ... tué Gunvarg, finit Nirta.
- Oui !
- Comment on s'y prend ? Il faut se débarrasser d'elle avant qu'elle ne remarque l'équipe en haut de la colline.
- Il faut attirer son attention sur nous...
- Ok !

Liquis n'a pas le temps de poursuivre que la succube a déjà envoyé une fusée éclairante au-dessus d'eux. Pour le coup, tout le monde tourne son regard vers eux, la vivora bien sûr, mais aussi l'équipe d'archéologues, et plus loin dans la plaine deux chasseurs qui reviennent au pas de course vers le camp. Le mage regard sa collègue pris au dépourvu.

- Ben quoi ? Tu m'as dit d'attirer son attention !

- Mais t'aurais pu attendre la suite du plan ! Lui hurle Liquis.

- Ben grouilles-toi de le dire, parce qu'elle approche, la bestiole.

- On attaque, pas le choix !

À ces mots, Nirta qui a déjà armé son arbalète, envoie un carreau en direction de la vivora. Celle-ci qui avait commencé à s'orienter vers les aventuriers prend le projectile dans l'épaule. Furieuse, elle se précipite alors vers ses proies, révélant au passage qu'elle est pourvue de petites ailes. Pourtant elle ne semble pas vouloir s'en servir pour voler. Pendant ce temps, Skotinos et Caemsha sont arrivés au camp. Alors que le démon rejoint le combat, l'alchimiste gravit la colline pour ramener les archéologues dans leurs dortoirs le temps d'éliminer la menace. Quand Skotinos arrive auprès de ses collègues, l'hybride mi-femme mi-mante orchidée n'est plus qu'à quelques mètres d'eux. Il prépare une petite boule d'énergie, et crie en même temps au mage de lancer un jet d'eau sur la créature. Liquis s'exécute sans réfléchir. Le jet touche la vivora de plein fouet qui se retrouve trempée de la tête aux pattes et la fait reculer d'un bon mètre. Dès que le mage a stoppé son sort, le démon envoie sa boule d'énergie qui électrocute sa cible, ne laissant qu'un tas de chairs calcinées. Les trois aventuriers regardent un bon moment les restes calcinés de la vivora, avant de reprendre leurs esprits. Nirta est fâchée, elle a perdu un carreau d'arbalète, celui qui était dans l'épaule de la vivora. Skotinos doit lui promettre de lui en racheter quand ils retourneront en ville pour qu'elle arrête de le taper. Ils rejoignent le reste de l'équipe, pour faire le point sur ce qui vient de se passer. Les élèves sont choqués et refusent pour le moment de sortir de leurs chambres. Les dangers liés à la proximité de Janaya sont devenus bien réels tout à coup, pour ces jeunes gens qui avaient commencé à croire que les aventuriers leur avaient raconté des histoires pour leur faire peur. Nalini s'occupe d'eux en leur distribuant une tisane pour les calmer. De son côté, Zac vient questionner les aventuriers sur l'incident. Il comprend maintenant pourquoi ces quatre jeunes gens avaient été aussi autoritaires sur la sécurité à leur arrivée sur les lieux. Il comprend aussi pourquoi Gunvarg n'avait pas survécu à l'attaque, il l'avait affronté seul. Une fois l'adrénaline redescendue, Skotinos rigole avec Nirta en disant qu'une vivora est moins problématique qu'un apèpe. Décidément, on peut se demander ce qui effraie un démon. Liquis met plus de temps pour s'en remettre. Caemsha le félicite d'avoir réussi à réagir aussi vite. Mais la première action de la succube l'avait vraiment pris de court, et c'est son échange verbal avec Nirta qui lui a permis de reprendre pied. Aujourd'hui plus que jamais, ils sont heureux d'avoir accepté de recruter la jeune femme. Zac Zicrou et Nalini Shayra regardent ces quatre aventuriers avec beaucoup de respect et d'admiration. Ils viennent très certainement de leur sauver la vie à tous en attirant sur eux le danger. Les élèves refusant de reprendre le travail pour aujourd'hui, la journée se finit au camp loin de la jungle à étudier ce qui a déjà été déterré.

Concernant les fouilles, les choses vont bon train.

Les découvertes se multiplient. Il y a d'abord eu quelques tessons de poterie, puis des perles en pierre semi-précieuse, et puis un jour, en fin de journée, un élève est tombé sur un os... au sens propre du terme. Aussi, aujourd'hui le Pr Shayra a rassemblé les apprentis archéologues en binôme pour fouiller la zone avec les ossements. Il s'avère que c'est tout le squelette d'un humanoïde. À première vue, l'état de son crâne suggère une mort violente, reste à déterminer si c'est accidentel ou non. L'anthropologue passe d'un groupe à l'autre pour relever un maximum d'informations avant de les analyser en laboratoire.

De son côté, le Pr Zicrou n'est pas en manque de travail non plus. La grande quantité de tessons et de poteries découverts le fait courir entre le tachéomètre, pour relever les positions des objets, son carnet et les différentes zones en cours de fouille. Un jour à la pause déjeuner, il décide de recruter Liquis pour le seconder. Le mage s'amuse tellement avec son nouveau jouet, qu'il se demande comment ils ont fait pour s'en passer jusqu'à présent. Certes, la prise en main n'a pas été facile, et Caemsha a vite laissé tomber l'affaire. Mais une fois qu'on a compris comment ça fonctionne, les données sont claires et faciles à enregistrer. Les sachets bien étiquetés des artefacts prélevés s'entassent dans les caisses. C'est un énorme travail d'analyses qu'il y aura à faire en laboratoire. Le Pr Shayra a installé une table sur tréteaux sous une tente où elle a commencé ses premières observations faites sur les ossements. Aux cours des recherches, plusieurs squelettes ont été mis à jour et plusieurs présentaient des blessures. L'étude du sol autour des ossements indique que les corps de ces morts n'ont pas bénéficié de sépulture et sont restés à la merci des charognards et d'une décomposition à l'air libre.

Cela fait maintenant six semaines que l'équipe est sur le site coupé du reste du monde. Si les professeurs se réjouissent chaque jour dès nouvelles découvertes, leurs élèves commencent à se fatiguer de cet isolement. Nos aventuriers sont habitués à cette situation lorsqu'ils sont en mission, mais ils comprennent qu'une petite pause ferait le plus grand bien à tout le monde. En plus, Nirta n'arrange rien en jouant les séductrices avec ces jeunes gens. Un matin Liquis et Caemsha décident d'aller discuter avec les professeurs de la situation. Ils leur proposent de faire une coupure, et d'aller passer quelques jours à Tamagoska. Ce sera l'occasion pour tout le monde de se reconnecter avec leurs familles et de souffler un peu. Tous travaillent très dur depuis qu'ils sont arrivés. Le Pr Zicrou regarde les aventuriers, un peu étonné, puis se tourne vers les équipes accroupies dans la terre. Il les observe un instant, et remarque enfin les traces de lassitude sur les visages. Le Pr Shayra lui pose une main sur l'épaule et lui dit qu'elle est d'accord avec Liquis. Elle aussi aimerait retrouver un peu de civilisation. Vaincu par la majorité, le nain accepte la demande et décide d'en faire l'annonce à l'heure du repas. Ils retourneront à Tamagoska le surlendemain. Ainsi chacun pourra finir ce qu'il a commencé, et préparé ses affaires pour le séjour dans la bourgade. La nouvelle a un effet incroyable sur les élèves qui en discutent tout l'après-midi. Autant dire que les fouilles n'ont pas été très fructueuses, mais vu la quantité déjà récoltée, il y a de quoi pouvoir tirer pas mal de conclusions sur ce site. Alors l'archéologue ne s'en offusque pas et va même plaisanter avec eux. Pendant ce temps notre anthropologue range soigneusement son petit laboratoire improvisé. Elle a hâte de pouvoir racheter des aliments qu'elle connaît, même si elle a fini par s'acclimater aux produits locaux. Et voir de nouvelles têtes lui fera du bien, la vie citadine lui manque. Faire les boutiques, se balader en bord de mer, prendre un café à une terrasse... Bien sûr Tamagoska est une grosse bourgade au milieu des terres, le lèche-vitrine sera vite fait, et on oublie l'idée d'aller tremper ses pieds dans la mer. Mais c'est déjà un début.

Caemsha contacte Cayldroth pour envoyer Liquis en avance à Tamagoska. Une fois sur place il réservera des chambres à l'auberge de La Petite Fille au Bouclier pour toute l'équipe. Le mage n'est pas ravi de passer dix-neuf heures sur le dos d'un dragon, mais c'est le seul aventurier qui ne sait pas conduire l'aérobus. Il a donc été désigné d'office pour cette tâche. Au moment de partir, Nirta jette une fourrure sur le dos du mage.

- Qu'est-ce que tu fais ? J'ai déjà chaud juste avec ma robe de mage. Tu veux me faire suffoquer ?

- Crois-moi ! Tu seras content de l'avoir quand vous prendrez de l'altitude. L'air est glacial là-haut, répond la féline.

- Mais c'est une vraie mère poule avec nous, rigole Skotinos.

- Heureusement pour toi ! Sinon c'est un glaçon que Tev aurait amené à l'hôpital.

C'est le sourire aux lèvres que le mage décolle en serrant contre lui le cadeau de sa coéquipière. Après son départ, chacun s'active dans les préparatifs du voyage. Et trois jours plus tard, ils le retrouvent attablé dans la grande salle de l'auberge en pleine discussion avec Fir. En arrivant, Nirta se précipite sur l'elfe. Serrée contre lui, elle lui susurre des mots torrides. Les instincts primaires de la succube ont été refoulés pendant trop longtemps et elle se laisse complètement aller dans les bras du pyromage. Ce dernier, ravi de la situation, répond présent aux attentes de sa courtisane et ils s'éclipsent rapidement dans les chambres.

Si l'équipe de fouille s'étonne de la disparition soudaine de Nirta, ses coéquipiers, eux, en rigolent. Liquis proposent à chacun de prendre ses quartiers dans les chambres à leur disposition avant d'aller faire un petit tour en ville. Zac annonce qu'il prendra une journée pour aller à Rundielle. Il souhaite se recueillir sur les restes de Gunvarg et lui rendre hommage. Caemsha et Liquis lui demandent s'ils peuvent l'accompagner, ce qu'il accepte. Nalini s'aperçoit vite qu'il n'y a pas grand-chose à Tamagoska niveau boutique. On est loin, très loin, du confort de Biva. Mais elle est quand même contente de pouvoir marcher dans les rues et de croiser des gens. Accompagner de Skotinos et d'une élève, ils s'arrêtent à la terrasse d'un café pour consommer un rafraîchissement avant de retourner vers leur hôtellerie. Le démon profite de cette balade pour honorer sa promesse et achète quelques carreaux d'arbalète pour Nirta. L'anthropologue a réussi à dénicher un petit magasin qui vend quelques aliments diététiques. Elle ne trouve pas tout ce

qu'elle recherche, mais elle ressort satisfaite de ces emplettes.
Les élèves profitent de ces quelques jours de repos pour se remettre du stress qu'avait déclenché la vivora chez eux. Même s'ils n'ont pas vu à quoi ressemblait la créature, leur imagination avait remédié au problème. Et ils avaient supposé avoir été attaqués par un monstre qui les aurait tous dévorés. Les aventuriers les avaient un peu encouragés dans leur supposition en expliquant ce qu'est une vivora.

Une dizaine de jours plus tard, revigorer par cette pause détente en zone « civilisée », toute l'équipe est de retour sur le site de fouille. Ils ne leur restent que quelques semaines avant la fermeture de cette campagne et leur retour définitif à Biva. Chacun met les bouchées doubles. On étiquette, on répertorie, on range dans des caisses. Tout est soigneusement noté dans un journal. Avant la fermeture de cette campagne de fouille, l'archéologue va trouver Caemsha pour lui faire une demande un peu spéciale.

- Mon cher Caemsha...
- Professeur, quand vous commencez vos phrases de cette façon, c'est qu'vous avez un problème. Alors, allez droit au but.
- Soit ! Eh bien je me demandais si vous pourriez créer une dalle de protection sur les fouilles effectuées cette année ?
- Pour quoi faire ? Demande l'elfe surpris.
- Le site est si exceptionnel qu'il se pourrait que nous envisagions d'autres campagnes d'inspections.

- Ben pour quelqu'un qui voulait pas nous croire, vous avez bien changé, se moque l'alchimiste.

- Certes..., répond le nain un peu gêné par le souvenir de leur première rencontre. Grâce à cette protection, nous pourrions reprendre les fouilles là où nous les laissons aujourd'hui. Vous comprenez ?

- C'est faisable, mais avec quelle terre je suis censé la transmuter ?

- Celle de votre mur, indique timidement Zac.

Caemsha éclate d'un grand rire, et appelle ses collègues pour leur annoncer leur nouvelle tâche. Si les démons n'y voient aucun problème, Liquis, quant à lui, refuse purement et simplement de remonter la terre sur la colline. Il n'a pas oublié sa galère pour la descendre. Finalement les démons imaginent un moyen ingénieux pour faciliter le transfert. Pour transmuter un élément, l'alchimiste a besoin de toucher cet élément, ils lui proposent donc de transformer le mur en une arche qui va du bas de la colline jusqu'à son sommet. Une fois l'opération accomplie, Caemsha n'a plus qu'à transmuter l'arche en plaque depuis le sommet de la colline. Ainsi sans l'aide de personne, L'elfe remonte la terre à son emplacement d'origine pour y prendre la forme d'une immense plaque qui s'enfonce de plusieurs centimètres dans le sol sur les côtés pour assurer son ancrage. En voyant ça, Liquis incendie son camarade pour l'avoir forcé à descendre sa terre à la force des bras.

- Tu aurais pu faire ça dans l'autre sens ! Hurle le mage.

- Ben ! J'y ai pas pensé... répond piteusement son collègue.

- Heureusement qu'on est là pour vous apporter notre imagination, renchérit Nirta.
Skotinos interpelle l'archéologue, car il lui semble que ce dernier a encore oublié un point crucial.
- Que puis-je pour vous, mon ami ?
- Vous envisagez de nouvelles campagnes de fouilles ? Demande le démon un brin agacé.
- Heu... effectivement, répond Zac, surpris par le ton de son interlocuteur.
- Et bien dans ce cas, n'oubliez pas d'en parler d'abord aux personnes concernées, rappelle Skotinos. Nous ne vous aiderons pas avec les Guerriers-Éléphants et les Hommes-Girafes si vous déclenchez à nouveau un conflit.
Sur ses dernières paroles, le démon s'en va vers l'aérobus ranger ses affaires. Ses collègues le regardent un moment, puis se tournent vers l'archéologue. Celui-ci a la mine piteuse d'un enfant pris en faute. La découverte est si vaste qu'il avait déjà oublié qu'il n'est pas dans Blaicia. Un dragon qui survole la zone à ce moment-là, et qui a capté la conversation, atterrit à côté d'eux. Il observe le groupe, puis se tourne vers l'archéologue et les aventuriers : « ce bonhomme a bien raison de vous mettre en garde. Nous autres dragons saurons vous rappeler votre parole. Cet engin ne devra plus quitter Rundielle sans l'autorisation des peuples des Terres Sauvages. » Après cet avertissement, le dragon repart aussi vite qu'il est arrivé. Nalini regarde Zac. Il faudra minimiser les fouilles dans les Terres Sauvages, quelles que soient les découvertes qui peuvent y être faites.

Le lendemain, chacun se prépare pour un retour définitif vers les terres civilisées de Blaicia.

Chapitre 11

UN RÉSULTAT INATTENDU

Biva. Cela fait quelques semaines que Nalini Shayra est de retour dans son laboratoire d'anthropologie du centre de recherches historiques. Elle passe toutes ses journées dans l'analyse des ossements prélevés pendant les fouilles. Au total, elle a dénombré une vingtaine d'individus de tous âges. Tous ont des marques de mort violente. Ce qui est très intrigant pour elle, c'est le fait qu'il n'y a que des squelettes d'humains, aucun nain, mayi ou elfe n'a été retrouvé. C'est peut-être une coïncidence, mais la taille de la zone fouillée ne laisse pas de doute sur l'absence de ces peuples sur le site au moment de son abandon. L'anthropologue arrive à la conclusion que le village a été exterminé, mais pas dans le but de récupérer le territoire. Un pillage ? Une vengeance, peut-être ? Ou une punition ? Un sacrifice ? Elle avait déjà relevé des marques évidentes montrant une décomposition des cadavres à l'air libre. Le Pr Shayra n'a pas assez d'indices pour répondre à cette question du mobile. Peut-être que l'archéologue aura des réponses. En tout cas, le fait que ces cadavres n'aient pas reçu de sépulture après leur mort, montre qu'il n'y avait plus personne pour s'occuper de leurs dépouilles, ou que la zone a été frappée de malédiction. Les analyses au carbone 14 ont révélé que le site a plusieurs milliers d'années. Il est surprenant qu'aucune trace n'est jamais été relevée de cette antique civilisation auparavant. En contact avec Zac Zicrou, il l'informe qu'ils ont découvert beaucoup d'objets de la vie quotidienne, ainsi que quelques bijoux et pièces de monnaie. C'est la première fois que l'on répertorie cette monnaie d'ailleurs. Elle n'a jamais été vue en Blaicia. De nombreuses poteries ont été retrouvées intactes, certaines contenant des denrées alimentaires d'après les analyses. Quelques traces d'animaux domestiques ont été relevées, comme des poules et des moutons. D'après les restes de vêtements, ils utilisaient la laine pour les fabriquer, ainsi que du cuir provenant sans doute d'animaux chassés. Au final, les résultats laissent penser que le village a été massacré, mais pas pillé. Les objets de valeur sont présents en assez grande quantité, des bijoux en métaux, des perles en pierre. Les vêtements n'étaient pas très riches, mais ces gens vivaient correctement. Ils faisaient du commerce, puisqu'on a retrouvé de l'argent. Les conclusions montrent que le site semble être un ancien oppidum ou une motte castrale, bien qu'ils n'aient pas trouvé de trace de la présence d'une tour. En tout cas c'était un village fortifié habité par des humains, agriculteurs et commerçants. Rien dans l'histoire des Terres Sauvages n'indique cette présence. Enfin pour les archives du centre de recherches historiques, ce village est une première. Le Pr Zicrou espère qu'il trouvera plus de réponses dans la Grande Bibliothèque de Sylralei. L'archéologue décide de faire appel aux druides du Temple afin de pouvoir consulter les archives. Il espère y découvrir un indice qui expliquerait leur découverte. Il a beau y réfléchir, il ne se rappelle même pas d'un mythe ou d'une légende qui parlerait d'une civilisation dans les Terres Sauvages. D'ailleurs, comme leur nom l'indique, elles sont restées à leur état naturel. Ce site va à l'encontre de tout ce qu'il sait. Il en perd le sommeil à force d'y réfléchir.

A peine quelques jours après l'envoi de sa demande, le doyen du Temple lui répond favorablement, et l'invite cordialement à venir séjourner le temps qu'il faut au sanctuaire pour ses recherches. L'un des professeurs l'aidera. Se souvenant que le groupe d'aventuriers était originaire de cette partie de Blaicia, Zac Zicrou profite de l'occasion pour prendre contact avec eux, et peut-être passer un peu de temps avec eux avant de replonger dans l'étude de ce maudit site. Oui ! Maudit ! C'est ainsi que l'archéologue voit désormais cette formidable découverte qui lui fait perdre le sommeil et la raison.

Quelque temps plus tard, à Manikéa, le Pr Zicrou est accueilli par Liquis et Caemsha. Ils sont heureux de retrouver l'archéologue dont ils n'avaient plus de nouvelles depuis leur retour de l'expédition. Le trajet en train a été long pour Zac, et il aimerait se reposer un peu avant d'aller au Temple de Sylralei. Les garçons proposent donc au nain d'aller en bord de mer où ils trouvent un petit restaurant qui propose quelques chambres d'hôte. La surprise est totale pour l'archéologue quand en poussant la porte, il se retrouve face à face avec Skotinos. Nirta ne tarde pas à sortir de l'ombre. Les deux démons arborent des tenues moins aventurières. En effet Skotinos a remis ses vêtements aux couleurs criardes de rouge, orange et bleu. Quant à notre succube, elle porte une robe rouge ultracourte au décolleté plongeant qui met en valeur sa silhouette féline. L'archéologue qui la découvre sous un nouveau jour en est presque tout chamboulé. Tous ensemble, ils passent une agréable soirée à prendre des nouvelles les uns des autres. Les aventuriers apprennent l'avancée des découvertes sur le site et la raison pour laquelle le Pr Zicrou est présent à Manikéa.

- Vous allez au Temple ? Interroge Caemsha qui semble y voir un intérêt.
- Effectivement. J'ai obtenu l'autorisation de consulter les grimoires anciens de la bibliothèque. Et un des professeurs doit m'aider dans cette tâche.
- Tanguy ! Annoncent en cœur le mage et l'alchimiste.
- Qui est ce Tanguy ? S'étonne le nain.
- C'est notre professeur d'histoire et littérature, répond Liquis. Mais il est surtout le spécialiste des textes anciens.
- La rumeur dit qu'il aurait lu tous les livres de la Grande Bibliothèque, même les plus anciens, renchérit l'elfe.
- A vous écouter en parler, on dirait que vous le vénérez, lance Skotinos.
- Si tu le connaissais, tu comprendrais, affirme Caemsha.
- Nous l'avons connu, mais il y a très longtemps, n'est-ce pas Nirta.
- Ouais, c'était avant qu'il devienne prof. On bossait encore ensemble dans la garde pour l'Instance Infernale.
- C'était une autre époque, où les humains devaient choisir entre le Bien et le Mal. Devenir un ange ou être un démon, rajoute Skotinos un brin nostalgique.
- Moi, j'aurais été incapable de choisir, réfléchit Liquis.

- Alors tu aurais été notre proie, miaou... rigole Nirta.

- Une petite minute tous les deux, intervient l'archéologue. Vous avez connu la Loi du Choix !? Mais quel âge avez-vous ?

- Ouuuh, la vilaine question que voilà, minaude la succube.

- J'ai un peu perdu le compte, réfléchit notre démon en se grattant la tête, mais on doit approcher des 70 ou 80 ans quelque chose comme ça. Nirta, on est du même âge. C'est ça ?

- Plus ou moins, ça fait longtemps que j'ai arrêté de compter. La beauté n'a pas d'âge, très cher ! Renchérit la démone en se passant la main dans les cheveux.

- Attends un peu... Vous avez plus d'soixante-dix balais ??? s'exclame Caemsha.

- Mais vous pouvez vivre jusqu'à quel âge ? Demande Liquis.

- Ça dépend des démons. Mais il me semble que la plupart dépassent les 150 ans, répond calmement Skotinos.

Devant la mine déconfite de leurs camarades, ils éclatent de rire. Après cette agréable soirée, Liquis et Caemsha proposent à Zac de l'accompagner jusqu'au Temple où ils l'amèneront jusqu'au doyen.

Le lendemain matin, l'alchimiste et le mage récupèrent l'archéologue à l'hôtellerie, avant de partir en direction de la forêt de Sylralei. Le nain n'avait jamais eu l'occasion de s'y aventurer. Il découvre alors toutes les merveilles que cache cette forêt magique. Il voit volter de-ci de-là des petites fées aux ailes multicolores. C'est la fin de l'hiver, et les premières fleurs commencent à éclore embaumant les lieux de parfums sucrés. Le

145

doyen ayant été averti de leur arrivée, il les attend à l'entrée du village en compagnie de Tanguy. Liquis et Caemsha saluent leur ancien professeur et leur doyen avant de s'éclipser. Namam, le doyen, conduit l'archéologue vers son bureau accompagné du professeur d'histoire et littérature. Ils discutent pendant un bon moment sur les formalités concernant la vie communautaire du village. Le Pr Zicrou devra suivre certaines règles, même s'il est un invité. Après cette petite réunion, la journée touchant à sa fin, Tanguy conduit Zac vers une petite hutte qui lui servira de chambre le temps de son séjour, puis lui montrant la hutte cantine, il l'invite à l'y rejoindre dès qu'il sera installé. En entrant dans son nouveau logis, le nain découvre un espace douillet aménagé sobrement d'un lit dans une alcôve, d'une armoire et d'un bureau avec une chaise, l'ensemble n'est pas sans rappeler les logements créés par Caemsha à côté du site archéologique dans les Terres Sauvages. Zac sait maintenant d'où lui est venue son inspiration. Quand il rejoint son homologue, celui-ci discute avec nos aventuriers. En arrivant près d'eux, il découvre un Caemsha très sérieux.

- Et bien, je ne vous connaissais pas un air aussi sérieux, Maître alchimiste ! Lance Zac à l'elfe.

- Ils parlent livres d'alchimie, lui répond Liquis en baillant. Allez, Caem ! Laisse les profs discuter entre eux, et viens manger, dit-il à son comparse en l'entraînant à une autre table.

- Ce sont de braves p'tits gars ! Dit l'archéologue.

- Oui ! Même s'ils sont parfois un peu turbulents. Mais nous les excusons, vu leur niveau de savoir et de compétences. Ils pourraient devenir professeurs à leur tour, mais semblent préférer l'aventure.

- Tant qu'ils ont la santé, ce sont les scientifiques qui bénéficient de leurs talents. Un jour viendra sûrement où ils voudront arrêter d'être sur les routes et transmettre leur savoir aux nouvelles générations.

- Puissent-ils vous entendre, Professeur ! Conclue Tanguy.

Après une nuit de sommeil, Zac Zicrou se lève aux premières lueurs du jour. Il n'avait pas aussi bien dormi depuis des lustres. Le calme de la forêt et ses odeurs sont apaisants. Il retrouve Tanguy à la cantine pour le petit-déjeuner avant d'entrer ensemble dans la Grande Bibliothèque. L'entrée a été réalisée dans un chêne géant, passer le premier sasse, on descend un long escalier avant de pénétrer dans la bibliothèque elle-même. Le professeur d'histoire et littérature de Sylralei guide son invité à travers le dédale d'allées. C'est un véritable labyrinthe où il est facile de se perdre si on ne connaît pas les lieux. Arrivés en son centre, le nain découvre une salle meublée de tables avec des chaises confortables, ainsi que des coins lecture avec des fauteuils. L'endroit est étonnamment lumineux alors qu'ils sont à plusieurs mètres sous terre. Ils s'installent à une table où ils font le point sur ce que recherche exactement l'archéologue. Il explique en détaille la découverte faite dans les Terres Sauvages, les conclusions qu'ils ont fait avec le Pr Shayra. Le Pr Zicrou finit par expliquer son incompréhension face à ce site. Il aimerait savoir quelle était cette civilisation, et espère en retrouver la trace dans les grimoires. Tanguy apporte alors différents livres pouvant faire référence à une peuplade oubliée dans les Terres Sauvages. Mais aucune ne semblait construire de place fortifiée. Les livres s'entassent sur la table autour de l'archéologue, mais rien ne concorde avec les découvertes faites sur le site. Après quelques jours de recherches infructueuses, Tanguy finit par sortir un très vieux grimoire. Il aurait préféré ne pas faire mention de ce livre qui par le passé l'avait conduit à se rebeller contre le système, et à avoir bien des ennuis avec les Instances. Le livre est si ancien que les feuillets se détachent de la couverture. Sa couverture est un simple morceau de cuir, les feuillets sont reliés par de fins lacets aussi en cuir. Il raconte un très vieux mythe que seulement trois personnes connaissent aujourd'hui, même le doyen de Sylralei en ignore l'existence. C'est un secret jalousement préservé pour la sécurité du système en place.

C'est la légende qui explique la création de Blaicia et des Terres Sauvages : la Légende du Continent Perdu. Selon cette histoire, il fut un temps où les humains ont vécu seuls sur un continent puni par la grande déesse créatrice, pour avoir répandu le mal dans son œuvre. Victimes du dieu maléfique, les humains étaient devenus orgueilleux et hargneux. Ils massacraient tout ce qui ne voulait pas se soumettre à leur supériorité. Toujours d'après cette légende, les peuples ne se sont pas beaucoup développés à cause des guerres, mais ils ont érigé quelques places fortes pour se protéger. Il est possible que le site découvert dans la Plaine de l'Illusion soit la preuve que ce mythe a vraiment existé.

Tanguy explique rapidement au Pr Zicrou le contenu du grimoire et les conséquences d'un tel savoir.

- Vous devez savoir quand vous livrant la Légende du Continent Perdu, je serai dans l'obligation d'en informer les chefs suprêmes des Instances célestes et infernales. Car ils sont les véritables gardiens de ce savoir. Seul le hasard m'a permis de le découvrir au fin fond de la bibliothèque, annonce Tanguy en déposant le livre devant Zac.

- Vous semblez très contrarié de me le montrer, répond le nain en voyant l'air grave qu'a pris le professeur d'histoire.

- En effet, j'aurais préféré que nous trouvions la réponse à votre mystère avant d'être obligé de vous en parler.

- Et bien dans ce cas, dit Zac en repoussant le livre, allons discuter avec les gardiens de cette légende. Peut-être qu'ensuite ils m'autoriseront à consulter ce grimoire et offriront un savoir ancestral à tous.

- C'est une solution qui me convient. Je vais tout de suite les faire prévenir de notre venue, lance Tanguy en partant en courant vers la sortie, tout en mettant le précieux livre dans un sachet de protection.

L'archéologue le regarde s'en aller, puis reporte son attention sur les livres autour de lui, éparpillés sur la table. Un bruit de pas lui fait lever la tête, Caemsha lui fait face une pile de livres dans les bras. « Tout va bien, Professeur ? Je viens de croiser Tanguy qui courait dans les couloirs. » Le nain explique rapidement à l'elfe, qu'ils n'ont rien trouvé jusque-là, et que le dernier livre nécessite une autorisation spéciale. Tanguy est simplement parti la demander. L'alchimiste regarde alors la table, étonné qu'il n'y est aucune explication dans tous ces livres. Zac lui demande alors s'il peut l'aider à ranger tout ce bazar avant de l'aider à ressortir de ce labyrinthe. L'elfe pose alors ses propres livres pour lui donner un coup de main. Quand ils arrivent à l'entrée de la bibliothèque, Tanguy les rejoint toujours en courant pour annoncer que les Instances les recevront, l'archéologue et lui, dès le lendemain matin.

Il est encore tôt quand Zac Zicrou et Tanguy se retrouvent dans un bureau tout en haut de l'unique gratte-ciel de Manikéa. La pièce est lumineuse et vaste. Elle possède un espace salon avec fauteuils et table basse. Le maître des lieux n'étant pas encore arrivé, ils patientent debout, n'osant profiter du confort du salon. Un ange de grande taille aux longs cheveux blonds retenus par un bandana fait son entrée, accompagné d'un démon de petite taille vêtu d'un long imper noir et un chapeau fédora de même couleur. Il s'agit de Huranos et Démonus, les élus des Instances et gardiens de la Légende.

- Je vous en prie, Messieurs. Prenez place, dit Huranos en désignant les fauteuils. Ainsi vous pensez avoir découvert des traces de civilisation dans les Terres Sauvages.

- Effectivement. C'est extraordinaire, et nous peinons à en comprendre l'origine, répond l'archéologue.

- Pourquoi pensez-vous qu'il y ait un lien avec la légende ? Demande Démonus, les yeux rivés sur Tanguy.

- Nous avons parcouru tous les livres et grimoires de la Grande Bibliothèque, répond le professeur d'histoire mal à l'aise. C'est la dernière solution.

- Et tu nous demandes notre autorisation cette fois, Tanguy ? Interroge l'ange.

- La dernière fois, j'étais jeune et ignorant de bien des choses... Ainsi que des conséquences de mes actes...

- Messieurs, j'ignore de quoi vous parlez, mais en tant que scientifique, je souhaite comprendre ce site, et que les richesses qu'il renferme puissent être partagées avec tous. Ce site est une formidable remise en question de tout notre savoir archéologique et historique. Alors s'il vous plaît, accordez-moi votre savoir. Mes élèves et moi avons passé plusieurs semaines à fouiller le sol. Nous avons besoin de réponses.

- Parfois, il y a des mystères qui doivent rester sans réponse, M Zicrou, réplique, cassant, le démon. Tu n'es pas d'accord, Huranos ?

- Et bien... j'ai pris le temps d'y réfléchir. Est-il réellement nécessaire de garder secrète cette vieille légende ? C'est vrai. Le peuple a le droit de savoir, après tout.

- Nous sommes les gardiens, je te rappelle ! Colère Démonus.

- Les gardiens de quoi ? Plus du système qui a bien changé ces dernières années... répond calmement l'ange en haussant les épaules.

- Par sa faute, boude le démon en montrant Tanguy du menton les bras croisés sur sa poitrine.

- Nous vous autorisons à dévoiler la légende au grand public. En espérant pour vous qu'elle réponde aux particularités de votre site, lâche Huranos avec un sourire légèrement carnassier.

- Il n'en est pas question ! Se met à hurler Démonus. Jamais je ne donnerai mon accord à ce fouteur de merde ! La dernière fois, il nous a forcés à abroger la Loi du Choix ! Ce sera quoi la prochaine fois ? La dissolution des Instances ? Jamais, tu m'entends, Huranos, jamais je ne donnerai mon accord sur la légende.

- Calme-toi, mon frère ! Tu sais très bien que Tanguy a toujours voulu le partage du savoir. De tout le savoir enfermé dans la Grande Bibliothèque de Sylralei.

- Justement, celui-là, c'est NON !

- Pourtant elle correspond en tout point au site, murmure Tanguy.

- Avant de prendre une décision sur la diffusion du savoir à tous, ce qui serait très honorable de votre part, intervient Zac. Peut-être m'autoriseriez-vous à simplement lire le manuscrit ? Ou peut-être une copie, si vous préférez ? Je vous le demande en tant que scientifique. Je veux vraiment comprendre ce site.

- Qu'est-ce qui te permet de croire que la légende à un rapport ? Demande Huranos à Tanguy.

Il a su qu'il s'agissait d'une preuve de la véracité de la légende, dès qu'il a lu les résultats d'analyses. Mais il refusait d'y croire et il a tout fait pour que l'archéologue trouve ses réponses ailleurs. Malheureusement, plus ils cherchaient, plus ça devenait évident. Tanguy lève les yeux vers Démonus en lui affirmant que la légende est la réponse. Mais Démonus se butte. Il tolère que le nain consulte le grimoire devant lui avec interdiction d'en parler à quiconque, et uniquement dans cette condition. Pour le Pr Zicrou, c'est déjà une victoire. Son collègue semble persuadé de l'importance de ce texte, il pourra le vérifier par lui-même.

C'est ainsi que quelques semaines plus tard, notre archéologue revient passer quelques jours à Manikéa, pour lire l'ouvrage tant convoité. Après une étude en détail, il n'y a aucun doute, Tanguy avait raison. Avec beaucoup de convictions et de persuasion, le Pr Zicrou entre en grande négociation avec les Instances pour expliquer combien il est important que tout le monde connaisse cette histoire qui réécrit l'Histoire. En précisant, bien sûre, que c'est grâce aux Instances que ce texte est parvenu jusqu'à nos jours intacte, et qu'ils doivent être glorifiés pour un tel acte. Les nains savent y faire pour brosser les gens dans le sens du poil.

Après de longs mois de tractations et de veines négociations, Démonus finit par accepter qu'un petit résumé du grimoire soit diffusé au public, rien de plus. Les scientifiques seront autorisés à pouvoir consulter le manuscrit sur demande uniquement. La découverte archéologique fut révélée au public avec les résultats. On annonça également qu'une grande campagne allait être menée pour reconsidérer l'histoire et la réécrire au vu de ces nouvelles données.

Le site se révèle être un village humain fortifié de la fin de l'ancienne ère. Cette époque lointaine, où après de grandes migrations des autres peuples, les humains se sont retrouvés seuls de l'autre côté d'Erthaglir. Les guerres, les épidémies et la famine exterminèrent les peuplades. C'est à cette époque que les derniers survivants migrèrent à leur tour vers Blaicia et qu'est né un nouveau système pour que le passé ne se reproduise plus jamais. Ce passé historique a fini par devenir un mythe, puis une vieille légende oubliée de tous, et aujourd'hui redécouvert grâce à l'archéologie spatiale qui a mis en lumière ce site.

Du même auteur :
L'idéal existe-t-il ?

© 2024 Elodie Fitoussi
Édition : BoD – Books on Demand, info@bod.fr
Impression : BoD – Books on Demand, In de Tarpen 42,
Norderstedt (Allemagne)
Impression à la demande
Illustration interne : Elodie Fitoussi
Illustration de la couverture : Laurent Brisson
Résumé : Emmanuel Bochew

ISBN : 978-2-3225-2514-0
Dépôt légal : Avril 2024